Endless Waltz
Zeichnungen:
Koichi TOKITA
Text:
Hajime YADATE
Yoshiyuki TOMINO
6

INHALT

AFTER COLONY 195. NACH DER ZERSTÖRUNG VON LIBRA UND DEM STURZ VON OZ BESCHLOSSEN DIE KOLONIEN UND DIE ERDE, IN EWIGEM FRIEDEN ZUSAMMENZULEBEN, UND BILDETEN DIE UNITED EARTH SPHERE NATION, DIE „VEREINTEN NATIONEN DER ERDE".
DURFTE DER FRIEDEN DIESEN HOHEN PREIS AN MENSCHEN-LEBEN FORDERN?
HATTE DIE MENSCH-HEIT DIE RICHTIGE WAHL GE-TROFFEN?

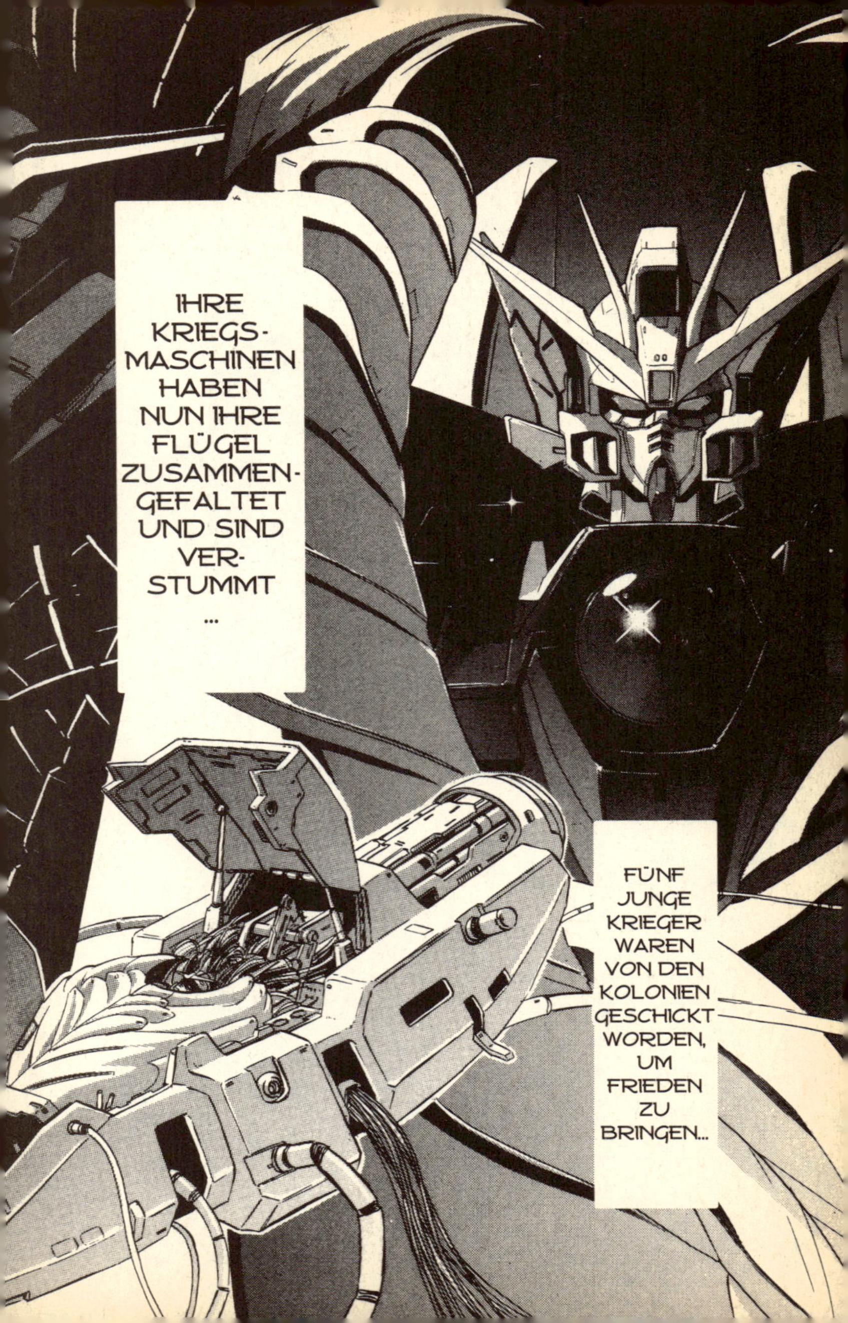
IHRE KRIEGS-MASCHINEN HABEN NUN IHRE FLÜGEL ZUSAMMEN-GEFALTET UND SIND VER-STUMMT ...
FÜNF JUNGE KRIEGER WAREN VON DEN KOLONIEN GESCHICKT WORDEN, UM FRIEDEN ZU BRINGEN...

GE-SCHAFFEN, UM ZU KÄMPFEN, KÄMPFTEN SIE FÜR DEN FRIEDEN. UND JETZT …
JETZT SCHLA-FEN SIE …
1.
4.
3.
2.
1.

1. KAPITEL: MARIEMAIA BARTON

DIES IST EINE NEUE ÄRA DES FRIEDENS. WIR BRAUCHEN UNSERE GUNDAM NICHT MEHR.
OKAY, ABER ICH WERDE MEINEN SANDROCK VERMISSEN.
GENAU. HEERO UND TROWA HABEN IHRE GUNDAM EBENFALLS AUFGEGEBEN.
ABER WUFEI IST VERSCHWUNDEN ...

FWUSH
LEB WOHL, SANDROCK!
MACH'S GUT, KUMPEL!
ABER ...
... ICH FRAGE MICH...
FWWWSSSSSSSHHH
... WO WUFEI IST.

WEIHNACHTSABEND A.C. 196. RESOURCE-SATELLIT MO-11.
VOR EINEM JAHR HABEN WIR EINEN GROSSEN FEHLER BEGANGEN UND EINEN KRIEG BEGONNEN, DER DAS LEBEN VIELER UNSERER FREUNDE UND LIEBSTEN GEKOSTET HAT.

ABER WIR HABEN AUS UNSEREM FEHLER GELERNT UND BEFINDEN UNS NUN IN EINER NEUEN ÄRA DES FRIEDENS.
WIR DÜRFEN DEN PREIS, DEN WIR FÜR DIESEN FRIEDEN GEZAHLT HABEN, NIEMALS VERGESSEN.
PRÄSIDENT DER U.E.S.N.

LETZTES JAHR HATTEN WIR KEINE WEIHNACHTEN.
JA, EINE NETTE ABWECHSLUNG, ABER WO IST MINISTERIN DARLIAN?
SIE IST IN OFFIZIELLER MISSION UNTERWEGS.
SIE HAT VIEL ZU TUN. ES IST SCHWIERIGER, DEN FRIEDEN ZU BEWAHREN, ALS IHN ZU ERREICHEN.
ICH FRAGE MICH, OB DER PRÄSIDENT DAS EBENFALLS VERSTEHT.
ICH DENKE SCHON. ANSONSTEN ...
... HÄTTEN WIR NICHT DAS BUDGET ...
... FÜR UNSEREN GEHEIMDIENST, DIE PREVENTER.

FÜR EINEN POLITIKER IST ER NICHT SCHLECHT, ABER...
BEEP
BEEP
ES IST WATER.
ENT-SCHULDIGEN SIE MICH.
TAP TAP
BESITZEN WIR DEN WILLEN, DEN FRIEDEN AUFRECHTZUERHALTEN?
ICH MUSS DAFÜR SORGEN, DASS GENERAL KHUSHRENADAS TOD EINEN SINN HATTE.
TUT MIR LEID, DASS ICH DIE PARTY STÖRE, NOIN.
FWWWWWSH
KEIN PROBLEM, SALLY. WAS GIBT ES?

UNSERE SCHLIMMSTEN BEFÜRCHTUNGEN SIND WAHR GEWORDEN.
WIR HABEN TEILE AUS NEOTITANIUM GEFUNDEN.
NEOTITANIUM ?!
FÜR MS-PANZERUNGEN ?!
„DAS 13. ZEICHEN".
JEMAND BAUT NEUE MS.
WIR VERSUCHEN HERAUSZUFINDEN, WER.
„DAS 13. ZEICHEN".
FWWWSH
WIR MÜSSEN DAS FEUER LÖSCHEN, BEVOR ES AUSSER KONTROLLE GERÄT.

L-3 KOLONIE X-18999.
UNSERE KOLONIE GIBT ES ERST SEIT SIEBEN JAHREN.
WIE KÖNNEN WIR IN DIESEM INSTABILEN WIRTSCHAFTS-SYSTEM WACHSEN? WIR BRAUCHEN MEHR KAPITAL!
IHR VOLK MUSS SICH BEWUSST SEIN...
... DASS ES TEIL DER U.E.S.N. IST.

SIE KÖNNEN DOCH NICHT GLAUBEN, DASS IHRE KOLONIE MEHR ERHALTEN MÜSSTE ALS ANDERE.
WIR BRAUCHEN EINEN NEUEN FÜHRER, MINISTERIN DARLIAN.
JEMANDEN, DER SICH UM UNSERE INTERESSEN KÜMMERT.
MHM
SIP
DEM KANN ICH NICHT ZUSTIMMEN.
WIR... HABEN... FRIEDEN... UND...
OHHH

KLONK
WAS ...?
... FREI-HEIT... DURCH ...
TAP TAP
TAP TAP
BRINGT SIE WEG!
JA, SIR!
BE-RICHTET IHRER HOHEIT!
JETZT HABEN WIR ALLES, WAS WIR BRAUCHEN.

VIELE MENSCHEN SIND FÜR DIESEN FRIEDEN GESTOR-BEN!
IHR OPFER DARF NICHT UMSONST GEWESEN SEIN!
HE-HE-HE!
FRIEDEN IST IN ORD-NUNG ...
ABER IST DIE ERDE BEREIT DAFÜR?
DES-HALB ...
... MÜSSEN WIR IHNEN EINE LEKTION ERTEILEN...
BEEP
... DE-KIM.
GE-WISS, EUER HOHEIT.

SHTK
DIE ZEIT IST GEKOMMEN!

ICH MUSS VATERS WEIHNACHTS-GESCHENK ...

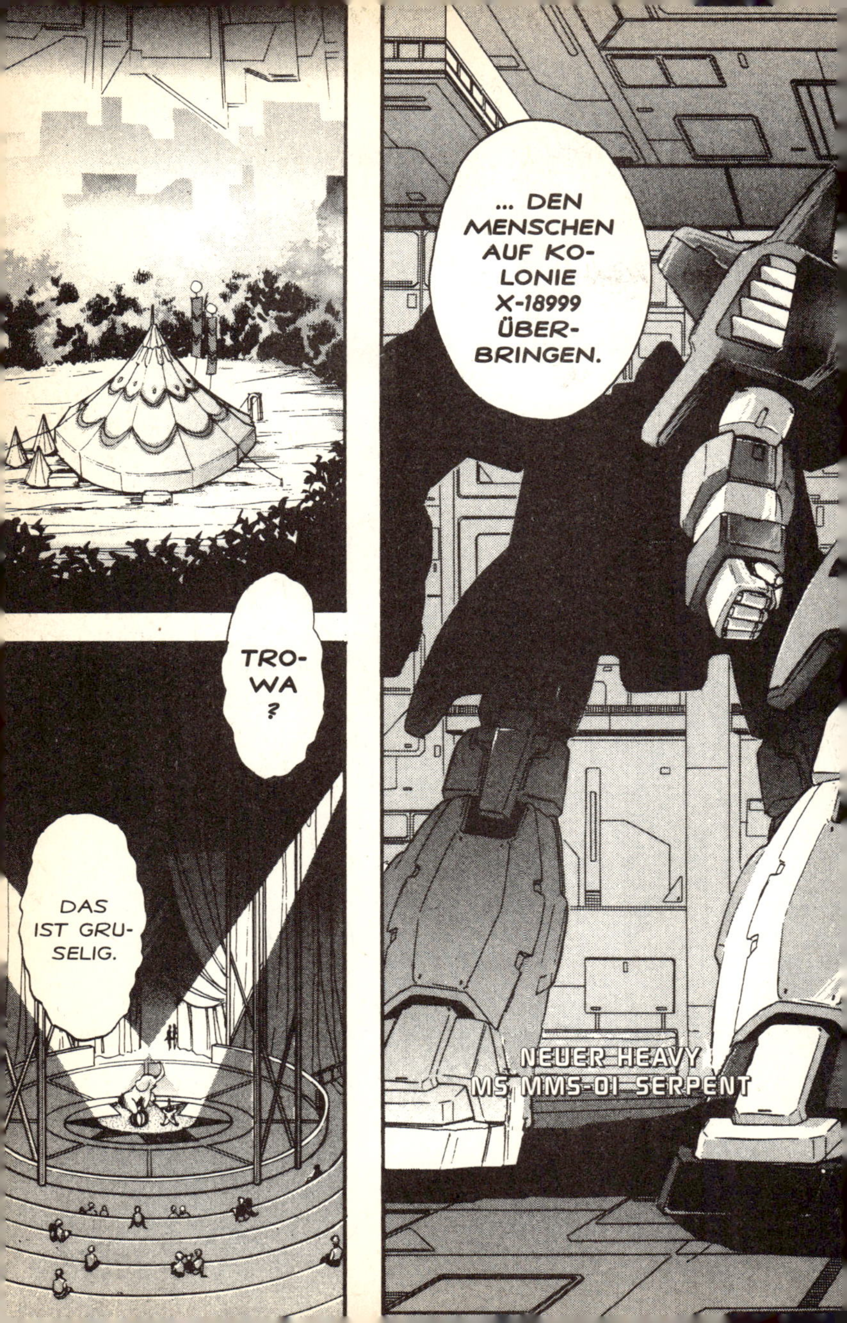
… DEN MENSCHEN AUF KOLONIE X-18999 ÜBERBRINGEN.
NEUER HEAVY MS MMS-01 SERPENT
TROWA?
DAS IST GRUSELIG.

ES IST KEIN PUBLIKUM DA.
DIE LEUTE HIER HABEN ANDERES ZU TUN.
ANDERES ?
SCHAU ...!
WER IST DAS ?
ICH SEH MAL NACH.
FWSHT
TROWA ?
?

KLONK
BLAM
DIESER KERL FÜHRT NICHTS GUTES IM SCHILD.
BARTON FOUN-DATION ...
DIESES MÄD-CHEN ...
ODER KÖNNTE ES RHEIAS TOCHTER SEIN ?

MÄRZ A.C. 195. L-S KOLONIE. DIE GEHEIME MS-FABRIK DER BARTON FOUNDATION.
KLONK KLONK
HE, DU ...
... „NIEMAND“.
WIE GEHT'S MEINEM HEAVY-ARMS?
GUT.
KOMM MAL HER, ICH WILL DIR WAS ZEIGEN.
FWWT

DIE KLEINE TOCHTER MEINER SCHWESTER, MARIEMAIA.
ICH DACHTE, SIE WÄRE ZUSAMMEN MIT MEINER SCHWESTER GESTORBEN, ABER SIE WURDE GE- FUNDEN.
WENN WIR DIE ERDE EIN- GENOM- MEN HABEN ...
... WIRD SIE DIE HERR- SCHERIN.
DIE FOUN- DATION ...
BLINK
...
MARIA- MAIA...
TAP
TAP

L-1 KOLONIE.
MARIE-MAIA BARTON.
GEBOREN IM JAHR A.C. 189.
TIP TIP
IHRE MUTTER STARB ZWEI JAHRE SPÄTER.
Mariem
THE BARTON FOUNDATION
VATER UNBEKANNT.
MANN, DU ARBEITEST WEIHNACHTEN ?!

GANZ SCHÖN AUSGE-FALLEN, DEINE DATA-BASE.
HAB ICH VON QUATRE. SIE GE-HÖRT DEN WINNERS.
TRO-WA HAT EINE NICHTE ?
IST NUR EINE AUF-ZEICHNUNG.
AUSSER-DEM IST DER TROWA ...
... DEN WIR KENNEN, NICHT TROWA BARTON.
JA ...
DU HAST RECHT.
HE!
WOHIN GEHST DU?
FSSHT
RE-LENA ...
... WURDE ENT-FÜHRT.

AHA ...
DU BIST ALSO VERLIEBT, WIE?
WIRD LANGSAM ZEIT, DASS DU...
HE, WARTE!
Merry X'mas
HIER SPRICHT WATER. WIR HABEN DEN BRAND-HERD LOKA-LISIERT.
FWWSSSH
HIER FIRE. IST ES L-3?
GENAU.
DAS DACHTE ICH MIR.
WELCHE KOLONIE IST ES?
ES IST...
... DIE NEUE KOLONIE, X-18999.

SIE WERDEN IN EIN PAAR STUNDEN ANGREIFEN.
WER IST IHR ANFÜHRER?
MARIE-MAIA BARTON.
BARTON?
UND DANN WÄRE DA NOCH EIN WEITERES PROBLEM.
MINISTERIN DARLIAN IST WÄHREND EINES BESUCHS AUF X-18999 VERSCHWUNDEN.
WIE?!
SALLY, SCHLUSS MIT DEM GEREDE. WIR MÜSSEN UNS BEEILEN!
ROGER!
FWWWWSSH

IHR ALLE HABT IM LETZTEN JAHR HARTE ÜBUNGEN ABSOLVIERT.
DIE ZEIT IST GEKOMMEN, FÜR IHRE HOHEIT ZU KÄMPFEN!
WIR WERDEN DIE MENSCHHEIT AUFWECKEN UND ZUM SYMBOL FÜR DIE HOFFNUNG WERDEN!
ABER ZUVOR WERDEN WIR DEN SPION ELIMINIEREN!
TROWA BARTON!
FWSH
VERDAMMT!
PLIK

HEUTE GEHT IHR DEN ERSTEN SCHRITT AUF DEM WEG ZUM RUHM !
FWSHHHHT
SHTOK
PLONK
BLAM
BLAM
!!
SHHHHT

STOPP
!
WUFEI
!

PLONK
TÖTE MICH.
HE-HE-HE...
WIR SIND SEHR GROSS-ZÜGIG.
SCHLIESSE DICH UNS AN, SO WIE DEIN FREUND HIER...
... UND WIR SCHONEN DEIN LEBEN, JUNGER TROWA BARTON.
IHR WISST, WARUM ICH MICH „TROWA BARTON" NENNE, ODER?
NATÜR-LICH...
... ABER DEINE VER-GANGENHEIT IST NICHT VON IN-TERESSE.
DIE ZU-KUNFT DER MENSCHHEIT IST WICH-TIGER ALS JEDER PER-SÖNLICHE GROLL.
WIR KÄMPFEN FÜR IHRE MAJES-TÄT.

ICH HABE MEINEN NAMEN GEÄNDERT, DA...
... ICH DACHTE, DASS IHR MICH TÖTEN WÜRDET.
WENN IHR MIR MEINE SICHERHEIT GARANTIERT ...
... WERDE ICH FÜR EURE MAJESTÄT ARBEITEN.
...
HA-HA-HA!
SEHR GUT!
SEHT HER! WIR REPRÄSENTIEREN DIE GERECHTIGKEIT!
ZWEI GUNDAMPILOTEN WERDEN FÜR UNS KÄMPFEN!

WIR KÄMPFEN FÜR DIE ZUKUNFT ...
... DER NATIONEN DER ERDE !
HM ?
BIST DU WACH ?
WER IST DA?
ICH HEISSE MARIE-MAIA.

HABEN SIE DICH AUCH ENTFÜHRT ?
NEIN.
ICH HABE IHNEN BEFOHLEN, DICH ZU ENTFÜHREN.
BITTE ?
FALLS DU MIR NICHT GLAUBEN SOLLTEST...
MEIN NAME IST...
... MARIE-MAIA KHUSH-RENADA.
KHUSH-RENADA ?!
GENAU. MEIN VATER WAR DER OZ-FÜHRER ...
„TREIZE KHUSH-RENADA“.

DAS IST UNMÖGLICH!
ICH LÜGE NICHT.
DIE DANN-TESTS BEWEISEN ES.
UND ICH TEILE DIE PHILOSOPHIE MEINES VATERS.
ICH WEISS NICHT, WER DIR SO ETWAS BEIGEBRACHT HAT, ABER...
... ES IST FALSCH.
SEI STILL!
DU SPRICHST MIT DER ERBIN DER U.E.S.N.!
DANN SAG MIR, WAS DU MIT MIR VORHAST!
DU BIST DAS FEHLENDE TEIL ...
... IN UNSEREM KRIEG MIT DER ...
SHTK

... U.E.S.N. !

Seuf
WIR HABEN HART FÜR DIESEN FRIEDEN GEKÄMPFT.
UND JETZT MÜSSEN WIR DAFÜR KÄMPFEN, IHN ZU ERHALTEN.
HE?! HEERO ...
OH, ER SCHLÄFT?
ALS WÄRST DU EINE MASCHINE UND JEMAND HÄTTE DICH ABGESTELLT.

VOR ZWEI JAH-REN ...
KEUCH
ICH MUSS DIE BASIS DER U.E.S.N. ZESTÖ-REN.

2. KAPITEL: KOLONIE X-18999

HEUTE NACHT BRINGE ICH ES ZU ENDE.
DIE BOMBE IST INSTALLIERT.
PUH
HAST DU DICH VERIRRT?
HM? HAST DU DICH ?
JA...
SCHON MEIN GANZES LEBEN LANG.

OH, DAS TUT MIR LEID.
ICH HABE MICH NICHT VER-IRRT.
ICH GEHE MIT MARY GASSI.
OH ...
DAS IST SCHÖN ... FÜR DICH UND MARY.
JA. WERD WIEDER FRÖH-LICH!
MACH'S GUT!
KLICK

KAWOOOOOMM
BLAMM
BAMMM
MISSION ERFÜLLT.
KABOOOOM
OH NEIN!
DIE EXPLOSION HAT DIE ÖFFENTLICHEN EINRICHTUNGEN GETROFFEN!

KAWOOM
KAWOOM
ICH BIN ...
... ZU WEIT GEGANGEN.
OH!
...

DIESER JUNGE?
FÜR DIE OPERATION METEOR IST ER ZU EMOTIONAL.
ZU EMOTIONAL, EINEN GUNDAM ZU FLIEGEN.
DER GUNDAM IST EIN SYMBOL DES FRIEDENS UND KEIN TODESBOTE!
DAS HIER IST KRIEG!
FÜR GEFÜHLSDUSELEI IST DA KEIN PLATZ! ER IST NICHT GEEIGNET FÜR DEN KAMPF!
GUT.
DANN WERDE ICH AUS IHM DEN BESTEN PILOTEN MACHEN, DEN WIR JEMALS HATTEN.
ABER WOLLTE „HEERO YUY" WIRKLICH DIE ZIVILISATION AUF DER ERDE VERNICHTEN?

HEERO YUY ...
HEE-RO!
HE, HEERO!
BIST DU WACH?
DIE REDE DER KLEINEN BEGINNT.
VOLK DER ERDNATIONEN, HÖRT MIR ZU!
MARIE-MAIA BARTON ...
WIR AUF DER KOLONIE X-18999 SUCHEN UNABHÄNGIGKEIT UND...
...ERKLÄREN DESHALB DER U.E.S.N. DEN KRIEG!

ICH BIN DIE WAHRE ERBIN DER U.E.S.N. ICH, DIE TOCHTER VON TREIZE KHUSHRENADA...
MARIE-MAIA KHUSHRENADA!
ABER ...?
TREIZES ...
RRR
JA ?!
WAS ?!!

LADY UNE, SIE WISSEN, WER HIER SPRICHT. WENN ICH EINE UNTERSUCHUNG ANSTELLEN SOLL...
... BRAUCHE ICH EINEN KODENAMEN. WIE WÄRE ES MIT „WIND, DER DAS FEUER AUSBLÄST"?
AUSSERDEM BRAUCHE ICH EINEN MS.
SIND DIE PREVENTER IMMER NOCH IM BESITZ VON TREIZES LETZTEM MS?
EINVERSTANDEN, „WIND".
IHRE MISSION LAUTET ...

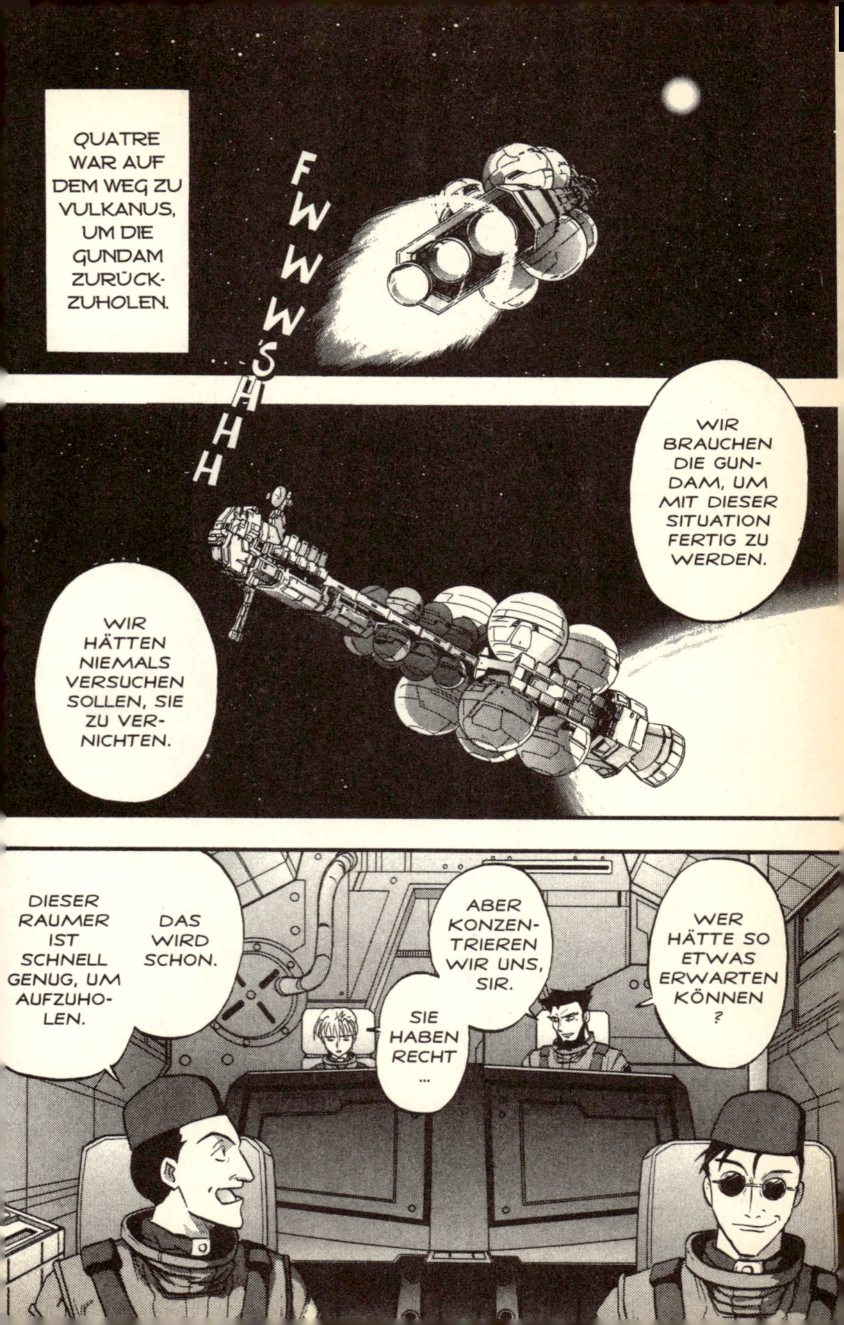
QUATRE WAR AUF DEM WEG ZU VULKANUS, UM DIE GUNDAM ZURÜCK-ZUHOLEN.
FWWWSHHH
WIR BRAUCHEN DIE GUN-DAM, UM MIT DIESER SITUATION FERTIG ZU WERDEN.
WIR HÄTTEN NIEMALS VERSUCHEN SOLLEN, SIE ZU VER-NICHTEN.
WER HÄTTE SO ETWAS ERWARTEN KÖNNEN ?
ABER KONZEN-TRIEREN WIR UNS, SIR.
SIE HABEN RECHT ...
DAS WIRD SCHON.
DIESER RAUMER IST SCHNELL GENUG, UM AUFZUHO-LEN.

FWWWSH
WIR SIND DER SCHLÜSSE ZUR LÖ-SUNG DIESER KRISE.
ICH WERDE DIE GUN-DAM ZURÜCK-BRINGEN.
WIR BEFINDEN UNS IN X-18999-TERRITO-RIUM.
FWWSH
DORT NÄHERT SICH EIN SHUTTLE!
DIE MD WERDEN ES AB-SCHIES-SEN!
ACHTUNG, SHUTTLE! SIE BEFIN-DEN SICH IN GEFAHR! VERSCHWIN-DEN SIE!
BEEP
HI!
WAS LIEGT AN ?!
DUO! HEERO!

NEIN! IHR HABT KEINE GUNDAM!
FWWSH
WIR WOLLEN UNS MAL DIE PARTY ANSEHEN!
HE, DUO!
BEEP
WIR LASSEN EUCH WAS ÜBRIG!
WIR MÜSSEN WEITER!
KEIN PROBLEM!
JA.
ICH BIN FROH, DASS SIE HIER SIND.
DANN SIND WIR WOHL IHRE RÜCKENDECKUNG, WIE?
WIR MÜSSEN IHNEN VERTRAUEN.

BLAM
BLAM
BAMMM
AUS DEM WEG!
BLAM
RATATATAT

UND WIE WÄR'S DAMIT?
BLAM
FWWWSHHH
O MANN! WOW!
ICH ZÄHLE AUF DICH!
SHHHT
SO GEFÄLLT MIR DAS!
KABOOM
TREFFER!
FWWWSHHH

SIE SIND DRIN !
GUT! DANN VER-SCHWINDEN WIR JETZT !
FWWWSHHH
EINDRING-LINGE IN SEKTION W-359! ES HANDELT SICH UM ZWEI LEOS !
SICHER-HEIT, KÜMMERN SIE SICH SOFORT DARUM !
WAS GEHT HIER VOR?
NICHTS. GEHEN WIR AN EINEN RUHI-GEREN ORT.
HIER DRIN IST ES ZU LAUT.
HEERO ?

RATATATATAT
RATATATATAT
LASS UNS SO VIELE WIE MÖGLICH AUSSCHALTEN, UND DANN GEHEN WIR REIN.
DER LEO IST NICHT ÜBEL ...
... ABER KEIN VERGLEICH ZU MEINEM GUNDAM!
KABLONK
SHHHTK
ROGER!

EIN NEUER MS?
UPS!
RATATATAT
DIESER SPRUNG!
UN-MÖG-LICH!
RATATATAT
YAAA!
FWUSH
KABOOM

RATATAT
KABONK
ICH WEISS, WER DU BIST !
TROWA !
...
RATATAT
HÖR AUF !!

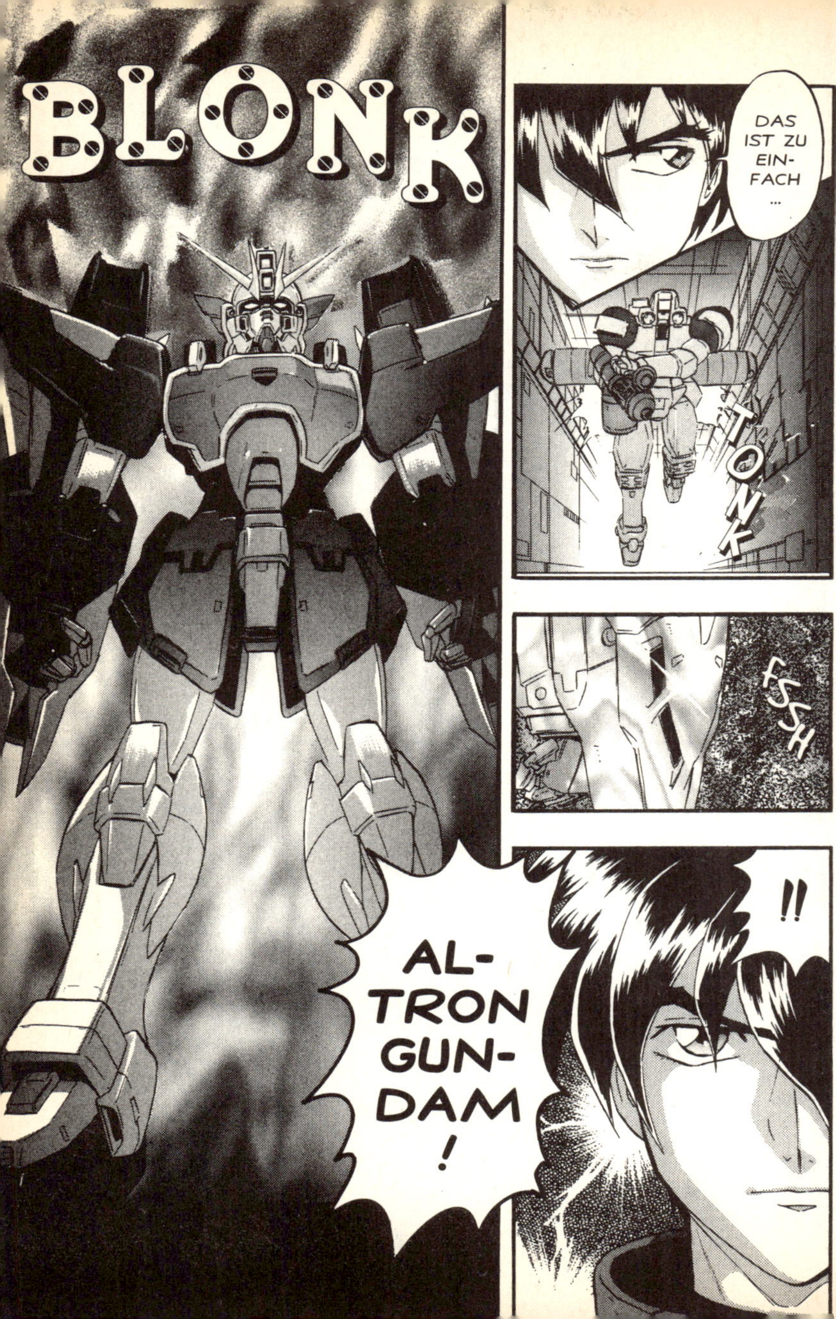
DAS IST ZU EIN-FACH ...
TONK
FSSH
BLONK
!!
AL-TRON GUN-DAM!

ICH WOLLTE SCHON IMMER GEGEN DICH KÄMPFEN.
FWWT
WUFEI ...
FWWSHHHH
STEHST DU AUF DER RICHTIGEN SEITE ?!

WAS ?!
SHHHKKT
BIST DU DIR SICHER, DASS DU AUF DER RICHTIGEN SEITE STEHST ?!

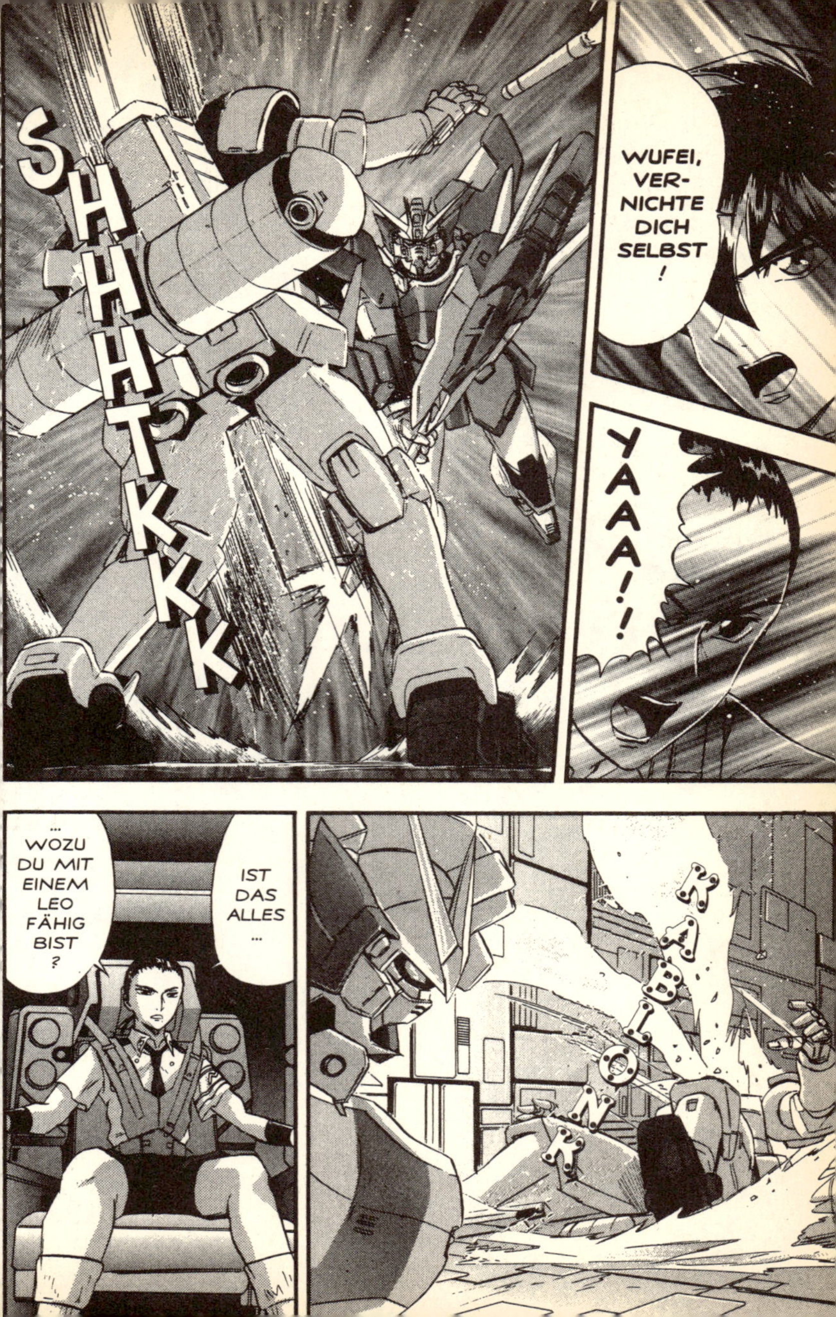
WUFEI, VERNICHTE DICH SELBST!
SHHHTKKK
YAAAA!!
IST DAS ALLES ...
... WOZU DU MIT EINEM LEO FÄHIG BIST?
KABLOONK

GUNDAM-PILOTEN IST ES NICHT ERLAUBT ...
... AUSSER KONTROLLE ZU GERATEN!
DESHALB SAG ICH'S DIR NOCH MAL...
VERNICHTE DICH SELBST!
HMPF!
...
WARUM HAST DU UNS VERRATEN?!
TROWA?!
FALSCH ...

FWUSHHHH
FWWSSSSSHHHH
MIS-SILES ?!
WAR ES DAS ?!
ICH BIN NICHT WIRKLICH TROWA.
ICH BIN NUR EIN SOLDAT, DER SCHON IMMER AUF DEM SCHLACHT-FELD WAR.
ICH STEUERE MS, SEIT ICH ZEHN WAR.

ICH WAR SCHLIESS-LICH...
... IN EINER GEHEIMEN GUNDAM-FABRIK AUF L3.
ICH ARBEI-TETE ALS WÄCHTER VON HEAVY-ARMS.
TRO-WA WAR DORT.
WA-RUM ?!
WARUM IST OZ DAS EINZIGE ZIEL, DOKTOR S ?!
OPERATION METEOR WIRD 20 MILLIARDEN MENSCHEN AUF DER ERDE TÖTEN. REICHT DAS NICHT ?
DIE KOLONIEN MÜSSEN DIE ERDE KONTROL-LIEREN UND VERGELTUNG ÜBEN.

DU REDEST GENAU WIE DEKIM, DEIN VATER.
OH, SIE WOLLEN WOHL NICHT, DASS WIR DIE ERDE EINNEHMEN, WIE ?!
ICH SOLLTE DAS MEINEM VATER BERICHTEN.
ICH WERDE DIE OPERATION METEOR ÜBERNEHMEN !
BLAM
ARGH
WARUM ...?
ICH HABE FAMILIE AUF DER ERDE.
AAAHHH
OH!
WER IST DA ?!

ICH HABE KEINEN NAMEN.
ICH BIN NIE-MAND.
TÖTEN SIE MICH, WENN SIE WOLLEN, ABER...
... SIE WÜRDEN DADURCH EINE MÖG-LICHKEIT WEGWER-FEN.
HALT! SIE WERDEN ES SOWIESO HERAUSFIN-DEN.
DOK-TOR S...
DAS MIT DER ERDE IST MIR EGAL.
WIE ?
ICH KÖNNTE SEINEN PLATZ EIN-NEHMEN.
UND SEINEN NAMEN ANNEH-MEN.

HEAVY-ARMS FÜR IHN STEU-ERN?
ICH MAG DIESEN MS.
DAS LEBEN HIER IST NICHT ÜBEL, DOCH...
... SCHLACHT-FELDER GEFALLEN MIR BES-SER.
GUT!
VON NUN AN BIST DU TROWA BARTON.
DU WIRST DIE OPERATION METEOR AUSFÜHREN!
RO-GER.
KABOOM
PLIK
...

DU HÄTTEST MICH WARNEN KÖNNEN !!
JA, LECK MICH...! ER HAT SICH EINEN FLUCHTWEG GESPRENGT. TROWA...
ICH BIN NOCH AM LEBEN?
HFF
KABLONK
WIR BRINGEN DAS SPÄTER ZU ENDE.
HEERO!

... ABER NIEMAND SIEHT IN MARIE-MAIA EINE BEDRO-HUNG.
DER KRIEG WURDE ERKLÄRT ...
DIE REGIERUNG WIRD IN KÜRZESTER ZEIT ABGE-SETZT SEIN.
IN IHREM MOMENTA-NEN ZUSTAND KÖNNTE DIE ERDE KEINEM ANGRIFF WIDER-STEHEN.
ICH WERDE DIE ERDE RETTEN, DIE IHR GELIEBT HABT.
GENERAL KHUSHRE-NADA...

DIE MOND-FLOTTE DER PREVENTER HAT DIE TAURUS-TRUPPEN VON X-18999 AUSGE-MACHT.
OKAY.
HAST DU WEITERE MS-TRUPPEN ENTDECKT, SALLY ?
NEIN, NUR DIE TAURUS.
WIR HABEN SIE UNTER-SCHÄTZT.
WAS ... ?
IHRE HAUPT-TRUPPEN SIND BEREITS AUF DEM WEG ZUR ERDE!
WO SIND SIE ?!
BLAM
BLAM

RESOURCE-SATELLIT MO-III. UNTERER ERDORBIT.
BEGINNT MIT DER OPERATION ERDIN-BESITZ-NAHME.
FWWWSHHH
IM GEGENSATZ ZU QUINZES PLAN WIRD MEINE OPERA-TION ERFOLG-REICH SEIN.

BLAM
BLAM
DIE SHUTTLES WERDEN ANGE- GRIFFEN ?!
MEIN GOTT! WAS IST DA LOS ?!
MS VOR UNS, SIR !
DAS IST TALL- GEESE!
TALL- GEESE ?! TREIZE ...
NEIN... ZECHS ?!

SIE WERDEN ES NIE-MALS SCHAFFEN, DEKIM !

TALL-GEES KOMM IMME NÄHE !
DIE SERPENT-TRUPPEN KÖNNEN IN DER ATMOSPHÄRE NICHT EINGREIFEN!
... ABER ICH KANN HELFEN, DEN FRIEDEN ZU BRINGEN.

ZING
HIER SPRICHT PREVENTER WIND! STRECKEN SIE AUF DER STELLE DIE WAFFEN!
ZECHS MERQUISE ...
SIE LEBEN!
ICH WÄRE FROH, TOT ZU SEIN...
... ABER ICH KANN NICHT IN EINEM SARG SCHLAFEN...

... WENN DIE GEISTER VON TREIZE UMHER-SPUKEN !
FWUUUUSHHH
3. KAPITEL: OPERATION METEOR

QUINZE HAT MIR VON IHNEN ERZÄHLT, DEKIM BARTON.
EINE KRIEGSER-KLÄRUNG IST VÖLLIG NUTZLOS. ERGEBEN SIE SICH SOFORT !
HMPF. FEUERN SIE DOCH, WENN SIE KÖNNEN.
HAHA
WIE ?

DIE SERPENT-TRUPPEN ...
... SIND NICHT ALLES, WAS WIR ZU BIETEN HABEN, ZECHS!
HAT QUINZE ES IHNEN NICHT ERZÄHLT?
OPERATION METEOR WAR MEINE IDEE!
X-18999!!
GENAU!
WIR KÖNNEN DIE KOLONIE JEDERZEIT ABSTÜRZEN LASSEN!

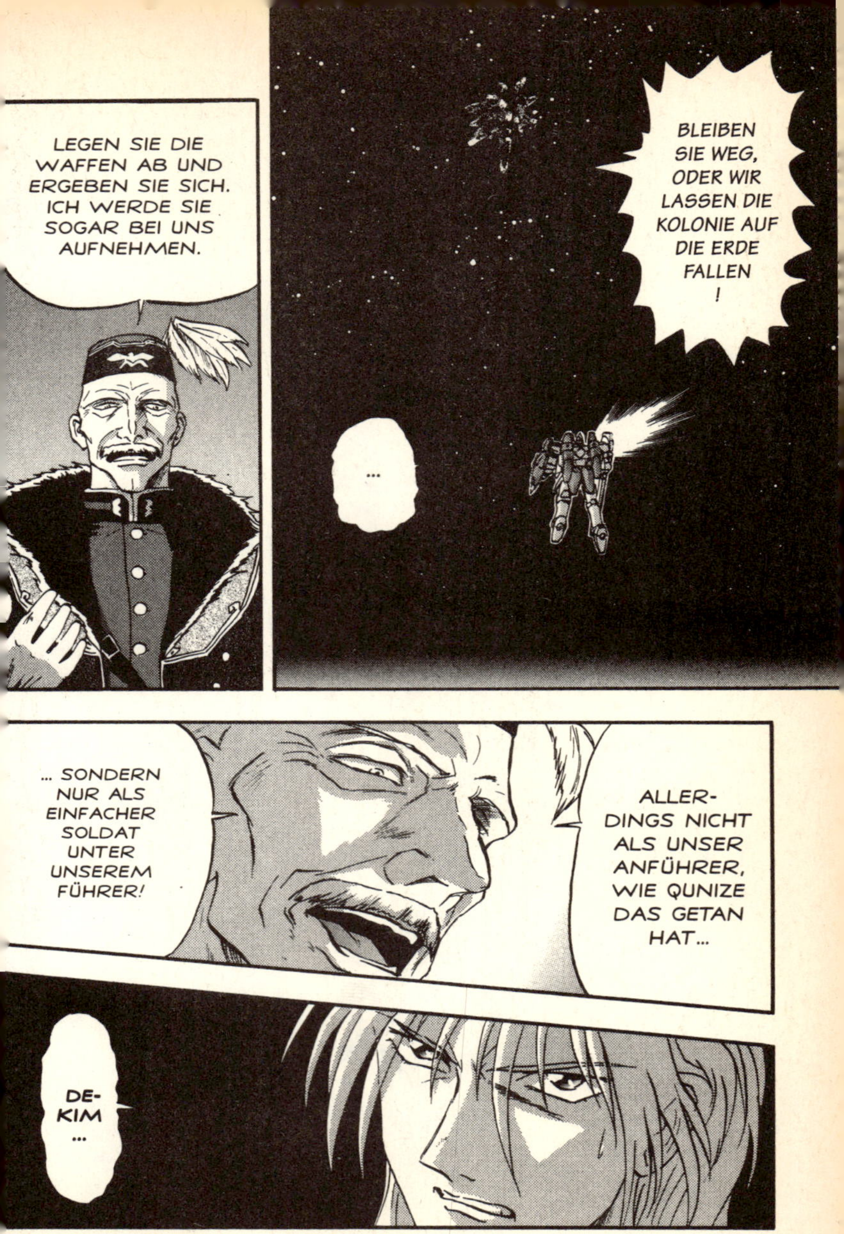
BLEIBEN SIE WEG, ODER WIR LASSEN DIE KOLONIE AUF DIE ERDE FALLEN !
...
LEGEN SIE DIE WAFFEN AB UND ERGEBEN SIE SICH. ICH WERDE SIE SOGAR BEI UNS AUFNEHMEN.
ALLER-DINGS NICHT ALS UNSER ANFÜHRER, WIE QUNIZE DAS GETAN HAT...
... SONDERN NUR ALS EINFACHER SOLDAT UNTER UNSEREM FÜHRER!
DE-KIM ...

TUN SIE ES! ER IST MACHTLOS, UND ER WEISS ES!
ABER, SIR!
DYSEH, STARTEN SIE ERNEUT DIE LANDUNG DER SERPENT.
NIEMAND KANN DIE OPERATION METEOR STOPPEN!
FWWWSHHH
UND WIR SIND ZU SPÄT, UM RELENA ZU RETTEN!
RICHTIG. IHRE HAUPTTRUPPEN SIND BEREITS WEG.
SIE WOLLEN DIE KOLONIE BENUTZEN ?!
OPERATION METEOR ?

ZOOOM
SIE WOLLEN X-18999 AUF DIE ERDE STÜRZEN LASSEN ?!
DIE KOLONIE IST FAST 20 KILO-METER LANG!
ALLES LEBEN AUF DER ERDE WIRD AUS-GELÖSCHT WERDEN !

DU MUSST DAS STOPPEN!
DAS KANNST DU DOCH NICHT TUN!
BITTE BERUHIGEN SIE SICH, MINISTERIN.
ES WIRD GAR NICHT SO WEIT KOMMEN ...
... WENN DIE ERDBEVÖLKERUNG MIR GEHORCHT.
GLAUBST DU, DASS SIE ES WIRD.
WENN SIE MICH ZUR KÖNIGIN KRÖNEN WÜRDEN ...
DANN JA. ICH DENKE, SIE WÜRDE MIR FOLGEN.
WAS?!
DIE KOLONISTEN VERTRAUEN IHNEN ALS MINISTERIN.
SIE HABEN MEHR EINFLUSS AUF DIE MENSCHEN, ALS SIE DENKEN.

ZOOOM
DESHALB WURDE ICH ALSO ENTFÜHRT.
HEHEHE! SIE HABEN ES ERKANNT.
SO WEIT WÜRDEST DU GEHEN, UM DIE ERDE ZU KONTROLLIEREN?!
HÄTTE TREIZE DASSELBE GETAN?
SICHER NICHT.
ABER ER HATTE AUCH KEINEN ERFOLG, WO ICH ERFOLGREICH SEIN WERDE.
DU SOLLTEST ÜBER DIE KONSEQUENZEN NACHDENKEN... KRIEG.
NEHMEN SIE SICH ZUSAMMEN.
ICH WILL ES IHNEN NICHT NOCH EINMAL SAGEN MÜSSEN.

ERDE ...
ZEIGE MIR ...
... WAHRE GERECHTIG-KEIT.
SIR, WIR WERDEN IN ZWANZIG SEKUNDEN KONTAKT MIT VULKANUS AUFNEHMEN !
FWUUUSH

OKAY, RASID.
SIE HABEN FÜNF SEKUNDEN!
WENN ES ZU GEFÄHRLICH WIRD, BRECHEN SIE UNVERZÜGLICH AB!
ZOOOM
DA! VULKANUS!
STARTEN SIE DEN COUNTDOWN!
ZOOOOM
FÜNF! VIER!
DREI! ZWEI!
EINS!
NULL!

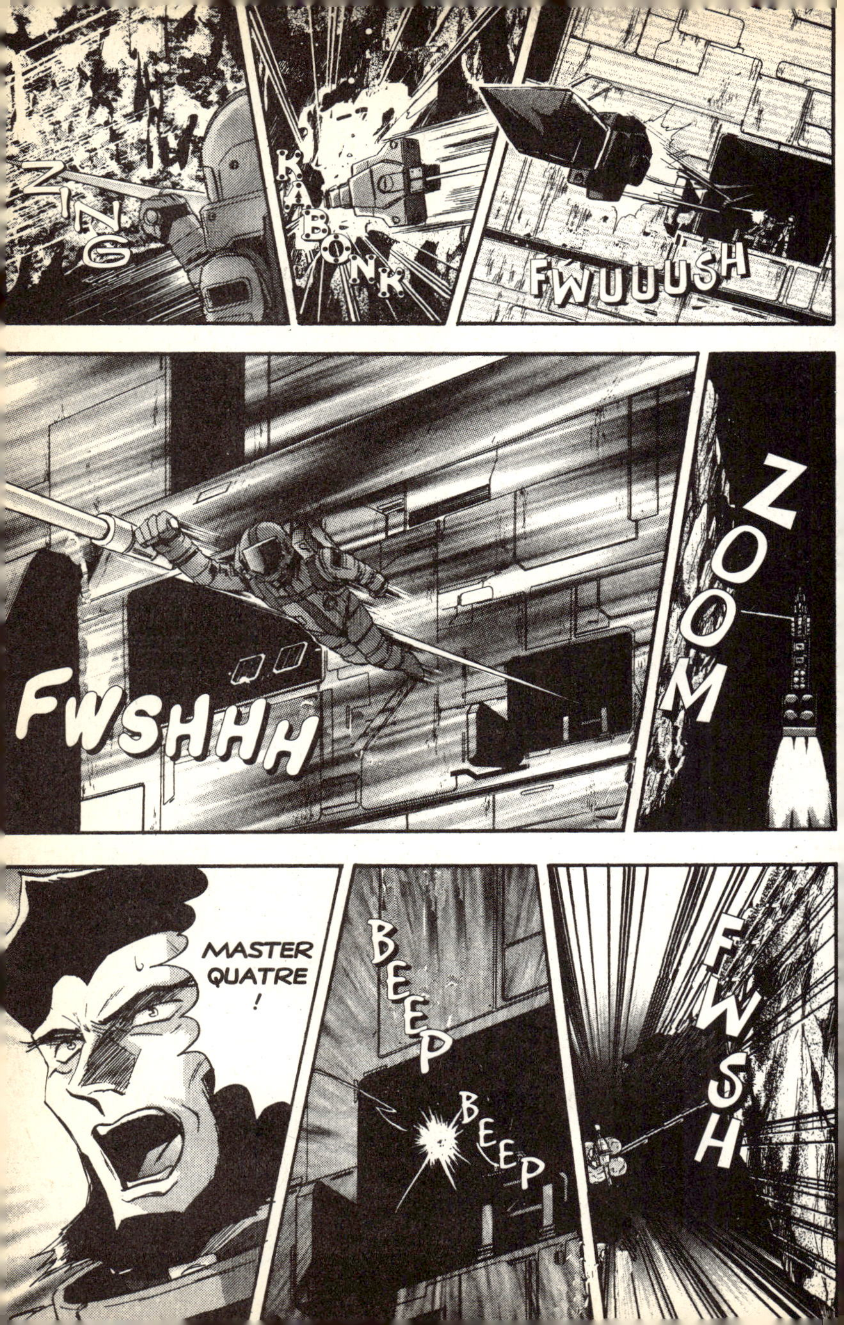
ZING
KA-BONK
FWUUUSH
FWSHHH
ZOOM
MASTER QUATRE !
BEEP
BEEP
FWSH

FWSHHH
MASTER QUATRE!
DANKE, LEUTE.
PFFFF ...
ICH HAB'S GESCHAFFT.
ALLES OKAY.
BENUTZT DIE ANZIEHUNG DER VENUS, UM EUCH ZURÜCKZUKATAPULTIEREN.
WIR SEHEN UNS AUF DER ERDE WIEDER!
ZOOOOM

PASST AUF EUCH AUF UND GRÜSST DIE VENUS VON MIR!
FWSHHHH
SEIEN SIE VORSICHTIG, MASTER QUATRE!
PUH! HIER DRIN IST ES HEISSER ALS IN DER WÜSTE.
SHHHT
HI!
SO TREFFEN WIR UNS WIEDER.

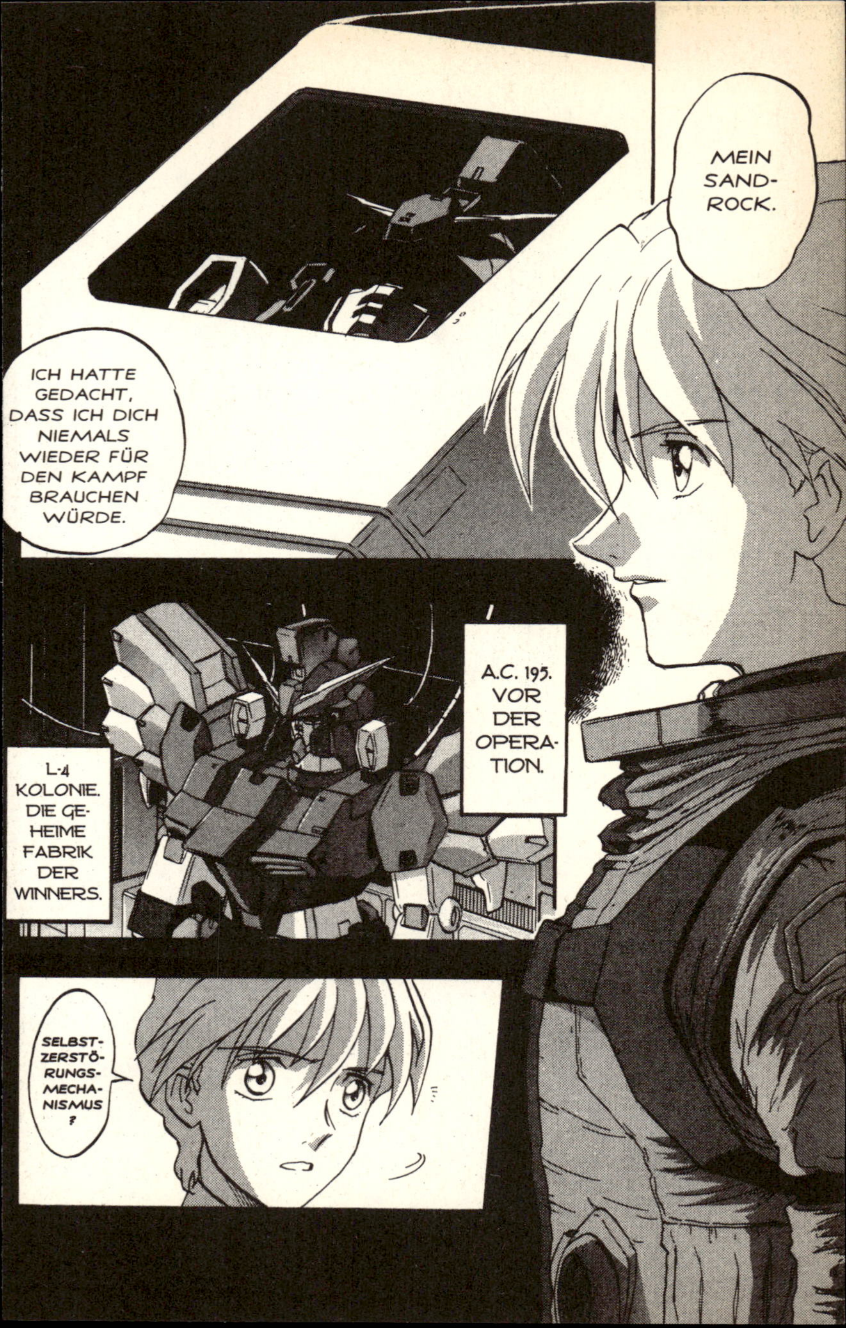

MEIN SANDROCK.
ICH HATTE GEDACHT, DASS ICH DICH NIEMALS WIEDER FÜR DEN KAMPF BRAUCHEN WÜRDE.
A.C. 195. VOR DER OPERATION.
L-4 KOLONIE. DIE GEHEIME FABRIK DER WINNERS.
SELBSTZERSTÖRUNGSMECHANISMUS?

JA. ICH HABE IHN DEM SANDROCK EINGEBAUT.
UM GEHEIMNISSE ZU SCHÜTZEN?
NEIN. ES IST FÜR DEN, DER IHN KONTROLLIERT.
VERSTEHE ICH NICHT ...
NUN... ALSO ...
DAS IST OKAY.
BEEP BEEP BEEP
HM?
IST DAS EIN BEFEHL?
JA, ABER ...
VERGISS IHN!
KABONK

ABER BENUTZE DEN MECHANIS- MUS, WENN DU IHN BENÖTIGST.
PRO- FESSOR H...
QUATRE, LASS DICH VON DEI- NEM HERZEN LEITEN.
KRRRKS
KRRRKS
JA, SIR !
FWSHHH

WIE KANN ICH IHM SEINE UNSCHULD UND SEINE LEIDENSCHAFT NEHMEN ?
ER WIRD WOMÖGLICH NOCH SCHLIMMERES DURCHMACHEN MÜSSEN ALS DIE OPERATION METEOR.
ALLES BEREIT.
DANN LOS.
PUSH

KAWUMM
DREI... ZWEI... EINS! UND AB ZUR ERDE!
TIP
OM!

JA! ES GEHT LOS!

HALTET DURCH !
ZOOOM
ICH KOMME, LEUTE !
RRRMMBLE
DIE KOLONIE WIRD IN-STABIL.
SCHON WIE-DER !
WOW !
KLONK
... WIR HABEN GROSSE PROBLEME, STIMMT'S ?
ODER ...
WIR MÜSSEN SO SCHNELL WIE MÖGLICH ZUM KON-TROLLRAUM.
RRRMMBLE

KAWUMM
UAARGH!
WSHHHT
DAS IST FÜR EUCH!
RATATATATAT
BEEILT EUCH!
TONK
OPERATION METEOR ...
... HIESS AUCH DER PLAN DER KOLONISTEN, GUNDAM ZUR ERDE ZU SCHICKEN.
... OPERATION METEOR GENANNT?
WARUM HABEN SIE ES ...

... SOLLTEN DIE GUNDAM DIE ORDNUNG MITTELS GE-WALT WIEDER HERSTELLEN.
ABER URSPRÜNG-LICH BEDEU-TETE DER NAME ETWAS ANDERES.
SIE HATTEN GEPLANT, DIE KOLONIE SELBST AUF DEN PLANETEN STÜRZEN ZU LASSEN. IM ANSCHLIESSEN-DEN CHAOS ...

DAS WAR DIE WIRKLICHE OPERATION METEOR !
UND DEKIM VERSUCHT, SIE NUN TATSÄCHLICH DURCHZU-FÜHREN !

WIR SIND DA!
JA.
FSSSHT
!!
TROWA?!
IHR SEID SPÄT DRAN!
PUH! ER IST AUF UNSERER SEITE.

HELFT MIR MAL. DAS SYSTEM IST GESPERRT.
ICH KANN DIE KOLONIE NICHT STABILISIEREN.
JA, SIR!
BEEILUNG. DER FEIND NÄHERT SICH DER ERDE.
TIP
TIP
ICH KRIEG ES NICHT AUF. MUSS WOHL DIREKT IN DEN SCHALTKREIS EINGREIFEN!
HIER AUF DER KOLONIE LEBEN 9.000 MENSCHEN.
DARUNTER AUCH FREUNDE VON MIR.
CLAP
CLAP
ICH WERDE NICHT ZULASSEN, DASS OPERATION METEOR STATTFINDET.

HAST DU DICH IHNEN DESHALB ANGESCHLOSSEN?
JA.
TIP TIP
ICH WUSSTE, DASS MIR NICHTS ANDERES ÜBRIG BLIEB...
... NACHDEM ICH VON DEKIMS PLÄNEN ERFAHREN HATTE.
ABER ES HAT LANGE GEDAUERT, BIS ICH HIER WAR.
ICH MUSSTE MIR IHR VERTRAUEN ERST VERDIENEN.
IST DAS DER GRUND ...
... WARUM DU MICH ANGEGRIFFEN HAST?
JA.
MANN, HAST DU MICH DRANGEKRIEGT.
ICH DACHTE, DU WÜRDEST MICH TÖTEN.
HE!

DER LIFE-SUPPORT SCHAFFT DAS NICHT MEHR!
WIR VERLIEREN AN HÖHE!
DUO, KANNST DU DEN SCHALTKREIS UMGEHEN?
ICH HAB'S FAST!
BEEP
BEEP
SCHALTKREISE GEWECHSELT!
ZOOOOOOOM
BRIIIEP
STARTE DAS KONTROLL-PROGRAMM!

RRRRRRRRRR
MISSION ERFÜLLT.
YEAH!
HIER IST DUO.
WIRKLICH?!
IHR KONNTET OPERATION METEOR STOPPEN?!
X-18999 WIRD NICHT AUF DIE ERDE FALLEN!
GUTE ARBEIT!

HIER IST WIND! ROGER!
ICH WERDE MO-III ZERSTÖREN!
KLANK
FWSSSH

MEGA CAN-NON!
OOSH

KCHAK
FEU-
ER
!!
WHO

HAHAHA! ZU SPÄT !
DIE ANGRIFFS-TRUPPEN SIND BEREITS GELANDET.
LEB WOHL, VERRÄTER!
KABOOM
ZOOM

VER-
DAMMT
!
FWUUUSH
DER FEIND IST BEREITS AUF DER ERDE.
TROTZ-DEM HABEN WIR DIE KOLONIE GERETTET.
JA.
WO IST EIGENTLICH WUFEI ?
ER VERSUCHT, DEKIM AUFZUHAL-TEN, STIMMT'S?
NEIN.
MIT SO ETWAS WÜRDE ER SEINE ZEIT NICHT VER-GEUDEN.

IHR HABT KEINE CHANCE!
BONK
BONK
KOMMT RAUS!
BONK
JETZT IST ES VORBEI.
NEIN, NOCH NICHT...
SONDER-LIEFERUNG VON QUATRE. HÖRT EUCH DAS AN!
TIP
BEEP
HIER SPRICHT QUATRE!
VULKANUS IST ZUR ERDE UNTER-WEGS.
ER WIRD DEN ORBIT DER ERDE IN VIERUND-ZWANZIG STUNDEN ERREICHEN.

SAG IHM, ER SOLL ZERO ...
... ZU DEN KOORDINATEN HES-88 SCHICKEN.
WIE ?!
ICH WERDE IHN IM ALL ÜBERNEHMEN.
ER IST SCHNELLER ALS VULKANUS.
BONK BONK
DAS IST UNSERE LETZTE WARNUNG!
HAB VERSTANDEN...
NIMM DAS SHUTTLE IN GATE VIER!
DUO, TU MIR NOCH EINEN GEFALLEN.
KLAR! WELCHEN?
SCHLAG MICH.
ÖH...
WIE ...?!

BRECHT DIE TÜR AUF!
LOS! MACH SCHON!
ÄH... OKAY.
WENN DU ES SO WILLST!
HAI-YA!
POW
BLINK
FWSH
POK
UFF!

WAS ZUR ...
SORRY, DUO, ABER JETZT SIND WIR QUITT.
ARGH
VERSTANDEN ?
JA.
TA TA
KEINE BEWEGUNG !
LEUTNANT ?!
ICH HABE ALLES IM GRIFF.

UNGH
!
WUSHHH
ABER
...?!
HALTET
IHN
AUF!
...
LOS,
WING.
FLIEG
ZU
HEERO.
FWSHHHH
ZOOOOOM

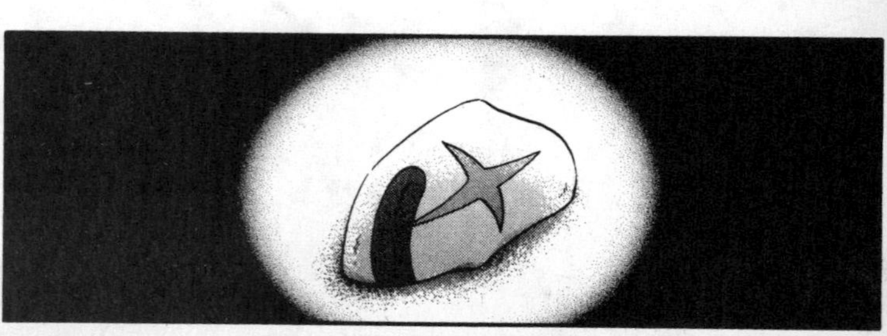

BLINK
BLINK
ACH, WIE HÜBSCH !
DIESES WEIHNACHTEN...
... WIRD WOHL WIEDER UNVERGESSLICH WERDEN.

GVOOOO
MARIE-MAIAS ARMEE !!

4. KAPITEL: DRUCK AUF DIE ERDE
WIR SIND WIEDER IM KRIEG !!

BRÜSSEL; SITZ DES PRÄSIDENTEN...
SEHR GUT, DEKIM.
VIELEN DANK.
DER PRÄSIDENT KONNTE JEDOCH FLIEHEN...
IHR SCHEINT ERFREUT ?
JA, WENIGSTENS SIND DIE KOLONIEN NOCH FREI...

KEINE SORGE.
BALD GEHÖRT ALLES MIR.
...
ICH KOM-ME ZURÜCK ...
... WENN DU MICH BRAUCHST ...
HEERO ...
GVOOOOOOO

BEEP
BEEP
BEEP
ER KOMMT ...
WOSH
GVOOOOOO
WHOOSH
SHTK
PLIK

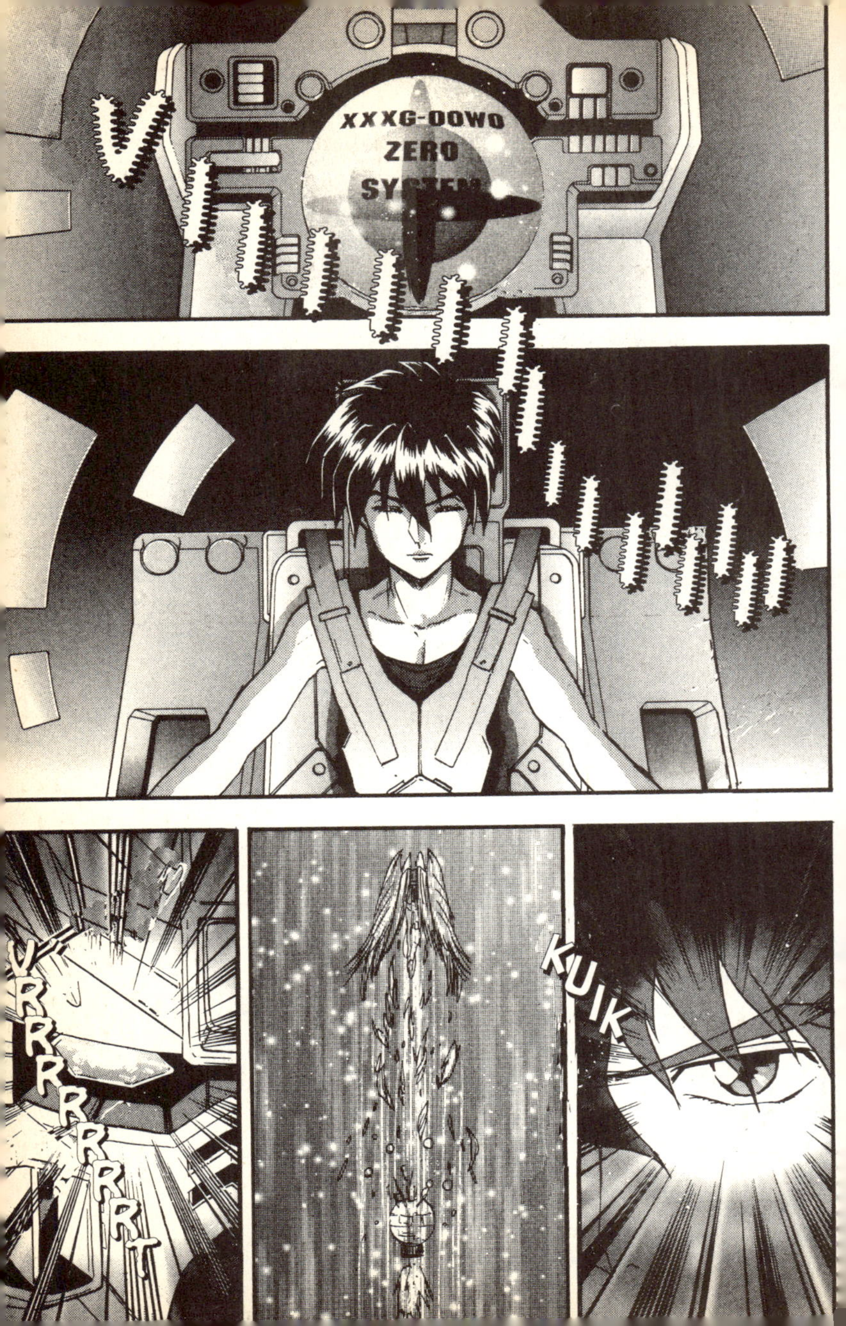
XXXG-00W0
ZERO
SYSTEM
KUIK
VRRRRRRRT

WHOOOOOOSH

AUF GEHT'S!
ZUR ERDE ...
GVOOOOOO

GVOM
GVOM
GVOOOOOOOOOO
TOR EINS UND TOR ZWEI GESCHLOSSEN!
GVOM
ALLES ABGERIEGELT !!
DAS GEBÄUDE IST EINGESUNKEN ... ?
GENAU. UND RUNDHERUM SIND STABILE SCHUTZWÄNDE.
MEIN SCHLOSS IST DICHT.
WARUM GIBT ES WOHL NOCH BUNKER WIE DIESEN ?
...

KRIEG - FRIEDEN - REVOLUTION- KRIEG...
EIN UNENDLICHER WALZER ...
GANZ EINFACH: WEIL SICH DIE GESCHICHTE WIEDERHOLT...
AM ENDE DES JAHRES 196 A.C. WERDE ICH AN DER SPITZE STEHEN ...
UND EIN NEUES ZEITALTER WIRD ANBRECHEN...
ABER ICH ÄNDERE DIES.
MARIE-MAIA ...

VOR DER OPERATION METEOR, AUF L-5 ...
DIESE KOLONIE SOLL AUF DIE ERDE STÜRZEN ?!
DAFÜR WURDE NATAKU GEBAUT ?!
DER WEISE LONG IST AUCH DAFÜR.

ICH STEUERE NATAKU ...
... UM DAS BÖSE IM ALL ZU BESIEGEN !!
NICHT, UM UNSERE...
... HEIMAT ZU VERNICHTEN !!
WUFEI ...
ICH VERSTEHE...
FINDE DEINE GERECHTIGKEIT...
JA !!

MEIN NAME IST CHANG WUFEI !
ICH KOMME !!
ICH BESTIMME MEINE GERECHTIG-KEIT !!
ER KOMMT ...
PLIK

GVOOOOOOOOOO
ALTRON GUNDAM ?!
HEERO!!
SHTAK...

DU KOMMST NICHT ZUR ERDE DURCH !!
KAOW!

WUFEI!!
WARUM HILFST DU MARIE-MAIA ?!
ICH BIN GEGEN RELENA PEACE-CRAFT !!

SHTK
WOOSH
IST ES FRIEDEN, WENN NUR DIE WAFFEN VERNICHTET WERDEN ?!
GNN ...
DIE MENSCHHEIT HAT SICH NICHT VERÄNDERT...
DABEI SIND ALLE FEINDE BESIEGT ...
...

DER WAHRE FRIEDEN IST NICHT EINGE-TROFFEN !!
WENN DU DENKST, DU SEIST IM RECHT ...
... DANN BEWEISE ES MIR MIT MEINER NIEDER-LAGE!!
GVOOOOOO
WUFEI!!
VRZZAAK

VOR DER OPERATION METEOR ...
L-2, MS-GEHEIMLAGER ...
KLANK
HA!
FERTIG!
DIE BOMBE IST ANGEBRACHT!
SORRY, KUMPEL ...
HIERMIT IST ALLES VORBEI.
KLIK

WAS IST LOS ?!
NICHTS PASSIERT ?!
DUO!!
ES IST SINNLOS.
DIE BOMBE IST ENTSCHÄRFT.
MIST, SIE HABEN'S BEMERKT!?
DEATHSCYTHE IST EIN KUNSTWERK.
KLANK
UND DU WILLST IHN ZERSTÖREN ?
BESSER, ALS MIT IHM EINEN MASSENMORD ZU BEGEHEN.

FÜR DEN FRIEDEN DER KOLONIEN!
ALLE HIER... AUCH ICH...
NACH DEATHSCYTHE WÄRE WOHL ICH DRAN GEWESEN!
ARGH!
FWWT
GEH ZUR ERDE, OHNE ...
... DIE OPERATION DURCHZUFÜHREN.
FLAK
WAS?
WENN DU MUT ZEIGEN WILLST ...
... DANN STIEHL DEATHSCYTHE!
ALS „DER TOD" ...

„DER TOD" …
COOLER NAME !
… UPS.
EIN SCHLÄF-CHEN WÄRE NICHT SCHLECHT.
ABER QUATRE KOMMT BALD…
HEHE!
SSST
KAWUMM
ADIOS, AMIGOS !
TAP TAP TAP

VOOM
VOOM
AH, DORT ?
ARGH !
PENG
PENG
PENG
TAP
TAP
TAP
DIE GEISELN SIND ALLE GERETTET !
ICH HABE NICHT AUF DICH GEWARTET.
DU HÄTTEST MICH RUHIG ABHOLEN KOMMEN KÖNNEN!
HAB ICH DIR SCHON MAL GESAGT, DASS ICH DEINEN ZYNISMUS HASSE ?!
HAST MIR NOCH WAS ÜBRIG GELASSEN!
DANKE, DUO!
JA,JA, ICH VERSTEHE SCHON !
DANN LOS !

WOOOOOOSH
PRE-VEN-TER-BASIS ...
GEI-SELN GERET-TET.
PRÄSI-DENTEN-SITZ VER-BARRI-KADIERT.
VUL-KANUS IN ERD-ATMOS-PHÄRE.
TALL-GEESE III IST BEREIT !
SEHR GUT!
EIN TALLGEESE GEGEN 470 SERPENTS?
IST EINEN VER-SUCH WERT.
314 VIRGOS SIND AUF VULKA-NUS.
BENUTZEN WIR SIE ...

FALLS SIE WEITER-SPRECHEN ...
... TÖTE ICH SIE.
...
BENUTZEN WIR DIE MD, BEGEHEN WIR DENSELBEN FEHLER WIE WF!
WIE WOLLEN SIE DANN GEWINNEN?
SEHEN SIE ...
... EIN-FACH ZU!
STAP
TAP, TAP

TONK
KTANK
WUFEI, HÖR AUF! DAS HAT KEI-NEN SINN !!
WOOSH
HMPF! UND DAS AUS DEM MUND EINES KRIEGERS ?!

WOK
DU UND ICH SIND GLEICH !!
WOSH
WIR KÖNNEN NUR IM KAMPF BESTEHEN !!
DER KAMPF BESTIMMT UNSEREN WERT!
HIER FINDEN WIR ANT-WORTEN !!
UNSER KAMPF IST VORBEI !
TREIZE IST TOT.
DU HAST IHN BE-SIEGT.

WUFEI... MEIN EWIGER FREUND ...
ES IST EINE EHRE, MIT EUCH GEKÄMPFT ZU HABEN ...
NEIN!
NEIN!
NEIN!

ICH KÄMPFE IMMER NOCH GEGEN IHN !!
FWOOOOOSH
MEIN KAMPF IST NOCH NICHT ZU ENDE !!

KABOOM
KABOOM
... NOIN, DU MUSST MIR NICHT HELFEN.
ICH WEICHE NICHT VON DEINER SEITE...
GOOOOOOOOOOO
SHTAK!

ICH MÖCHTE NIE MEHR...
... WARTEN MÜSSEN...
VERSTEHE ...
ZECHS, WIR KOMMEN NICHT DURCH !!
ICH WEISS! ABER WENN WIR NICHT...
... KÄMPFEN, STEHT KEINER MEHR FÜR DEN FRIEDEN !!
RATATAT
SHRAKOW

SO WIE SIE ...
ALLE BEREIT ?!
GVOM
GVOM
LOS !!
WOSH
SO HAT OPERATION METEOR ZU SEIN...
JA, UND WIE !

LASSEN WIR MARIE-MAIAS DIKTATUR ZU ...
... WIEDERHOLT SICH DER TRAURIGE UND ELENDE KRIEG !!
ICH AKZEPTIERE KEINEN FRIEDEN, DEN DIE...
... MENSCHEN NICHT SELBST ERKÄMPFT HABEN !!
ICH MUSS WEITERKÄMPFEN, DAMIT SIE DAS EINSEHEN!!
FWOOSH
...
KLACK

5. KAPITEL:
DER LETZTE KAMPF FÜR DEN FRIEDEN!!
!!
HEERO! DU ...
MIT DEINER METHODE WIEDERHOLT SICH DAS ELEND ...

... WUFEI, WIE VIELE SOLLEN WIR...
KRRRRK
... NOCH TÖTEN ?
...
GVOOOOOOOOOOOOOOOO
WIE OFT NOCH MUSS ICH DAS MÄDCHEN UND...
... DEN WELPEN UMBRIN-GEN, BIS...

... ICH ERLÖST WERDE ...?
DAS ELEND WIEDER-HOLT SICH...?
DAS ELEND... SAGST DU...?
SPLASH

WEISER LONG!
ZWEIFLE NICHT ...
DEIN ZWEIFEL WECKT NEUES LEID...
KÄMPFE FÜR DEINE GERECHTIGKEIT, WUFEI ...
NEEEEEEEEIN!!
...
GOOOOOOOOOOOOOO

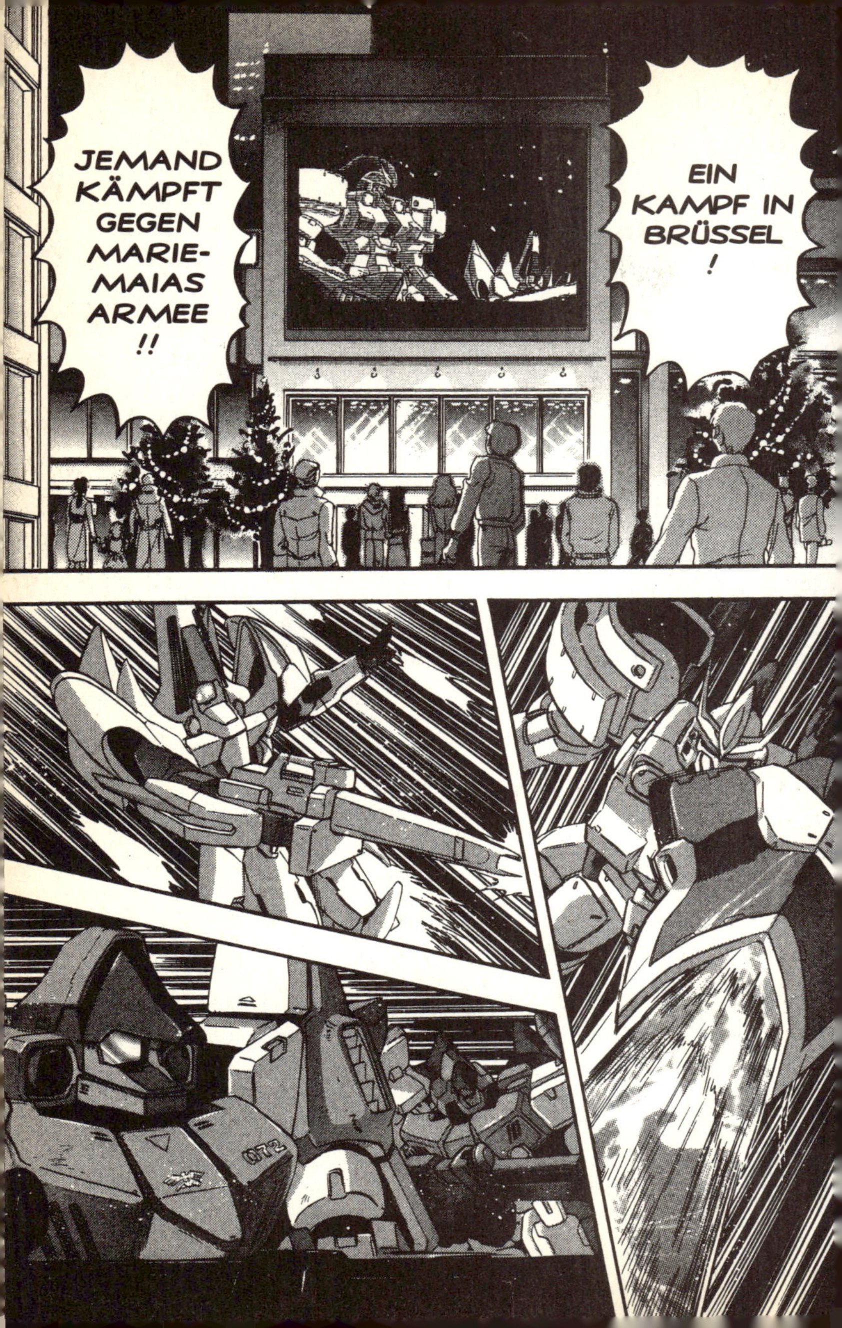
EIN KAMPF IN BRÜSSEL !
JEMAND KÄMPFT GEGEN MARIE-MAIAS ARMEE !!

NARREN, DIE DIE NEUE ORDNUNG NICHT AKZEPTIEREN WOLLEN ...
SEHT, WIE SIE VERNICHTET WERDEN !!
ARGH, DAS ENDE ?!
KABOOOOOM
ICH SAGE NICHT „LEB WOHL“ !
NATÜRLICH NICHT !

FWUUUUSH
SHRAKOW
KABOOOM
KABOOOOOOM
IHR !!
!!

BAM

BEWUNDERNSWERT...
KEIN EINZIGER TOTER!
LASST UNS NUR DIE WAFFEN UND DEN KRIEG BEGRABEN!
NOCH ZWEIHUNDERTFÜNFZIG... FÜNFZIG FÜR JEDEN.
DIE MS WERDEN KEIN PROBLEM DARSTELLEN.

JA… DANN SIND ZUMINDEST DEKIM UND MARIEMAIA AM ENDE.
DEN REST ÜBERLASSEN WIR ANDEREN.
LOS GEHT'S !!

GUN-
DAM
!!
DA
KÄMP-
FEN
GUN-
DAM
!!
JAAA
!!
GVOOOO

VERDAMMTE AUFRÜHRER!!
HAUPTSACHE, DER BUNKER IST SICHER.
... ICH ...
ICH ...
ICH WAR FEIGE !!
TAP TAP
KLIK
AN ALLE BÜRGER !
HABT KEINE FURCHT !!

DER FRIEDE WIRD NICHT GESCHENKT !
MAN MUSS IHN MIT EIGENEN HÄNDEN ...
FSSHHH
DAS... DAS WAR...
KÖNIGIN RELENA !
MURMEL
MURMEL
ZERO, WIR...
... HABEN NOCH EINE MISSION ...
KUIK
GRIP

RATATATAT
BLAST
BLAST
RATATATAT
KERAK
DER HEAT SHOTEL!
KWANG
RATATATAT
KEINE ENERGIE MEHR!
DIE MUNITION HÄLT AUCH NICHT MEHR LANGE!
SHOOOOOOOOOO
BLAST
BLAST

ZIEHT EUCH ZURÜCK!
GVOM
ZURÜCK-ZIEHEN?!
GVOOOO
JETZT, WO'S LUSTIG WIRD?
DIE HIER SIND WIE WIR...
... SIE WERDEN BENUTZT!
ABER WENN DAS SO WEITER-GEHT...
KEINE SORGE! WIR SIND PROFIS!
DAFÜR SIND WIR DA!
KABOOOOOOOM
GVOOOOOO

LASSEN SIE DIE DUMMHEITEN!
WOLLEN SIE ALLE IN DEN KRIEG STÜRZEN?
DAS, WAS DIE...
... MENSCHEN JETZT BRAUCHEN...
... IST EINZIG DER...
... WILLE ZUM FRIEDEN!
HASS WECKT NUR NEUEN HASS...
ICH BIN AUCH NICHT ZURÜCKGEKEHRT, UM MEINEN VATER ZU RÄCHEN.
DAS SAGEN SIE ...
... WEIL SIE ...
... EINE VERLIERERIN SIND.

WER ...?
WOSH
WOMP
EIN EHEMALIGER ...
... SOLDAT VON TREIZE...
... ICH MUSS MICH...
... BEEILEN!
TAP TAP
KEINE MUNITION MEHR ...
ALLES AUS...?
GYOOOOOOOOOOO

DIE GUNDAM SIND AM ENDE !
UND NUN ?
WAS JETZT ?
...

MIT DER SELBST-ZERSTÖRUNG KÖNNTEN WIR...
NEIN, DANN STERBEN MENSCHEN !
RICHTIG ...
GOOOOOOOOOOOOOO

!!
VON OBEN ?!
BEEP BEEP BEEP
WARNING
120352134
NOCH MEHR ?!
WOSH
WING ZERO !!
HEERO!!

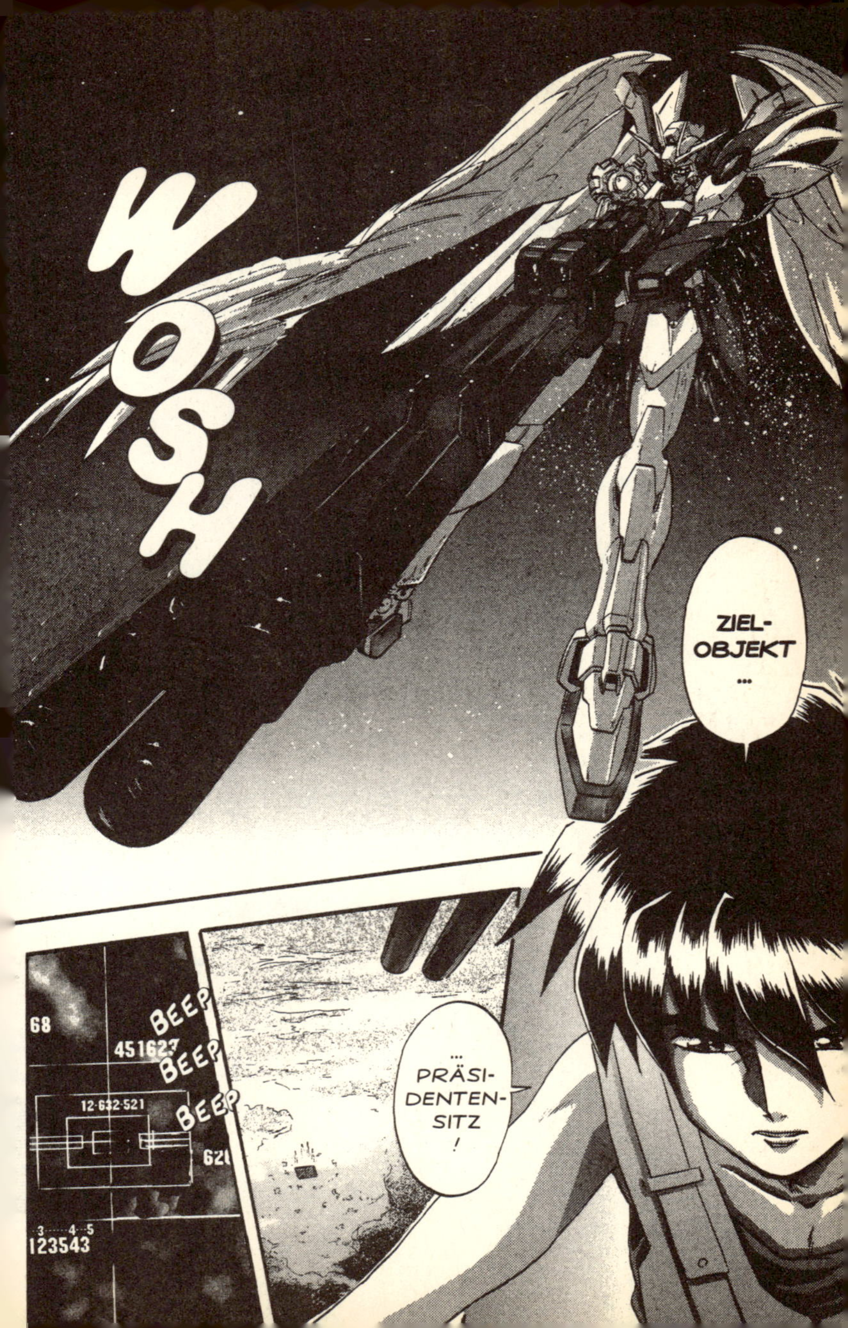
WOSH
ZIEL-OBJEKT ...
BEEP
BEEP
BEEP
68
12·632·521
123543
... PRÄSIDENTENSITZ !

NOCH EIN GUNDAM !!
FSSSH
WAS ?!
EINE NACHRICHT VOM PILOTEN!
HEERO!
SIND EURE SCHUTZSCHILDE HOCHGEFAHREN?
FSSH
WAS ...? DU ...
DIE SCHUTZSCHILDE !!
NATÜRLICH!
GESTEHE DEINE NIEDERLAGE EIN!
VERSTANDEN...
KLIK

BLAST
WHUUUUUUUUUUU
ARGH !!
D-DAS NÜTZT ...
... GAR NICHTS ...
HAST DU ANGST, MARIE-MAIA ?

SER-
PENTS
!
SCHIESST
IHN
AB
!!
WHUUUUUUUUUUU
BLAST

KABOOOOOOM
SCHIL-DE BEI 50 % !
DAS KANN NICHT ...
DOOOM DOOOM
NOCH EIN TREFFER UND SIE SIND NEU-TRALI-SIERT !
AUF-HÖ-REN !!
WIR HABEN RELENA PEACE-CRAFT !!
RATATATATA
RATATATATAT
HIUUUUUU

MIT DIESEM SCHUSS IST ALLES VORBEI.
LEB WOHL, RELENA... ICH FOLGE BALD NACH...
HEERO...
...

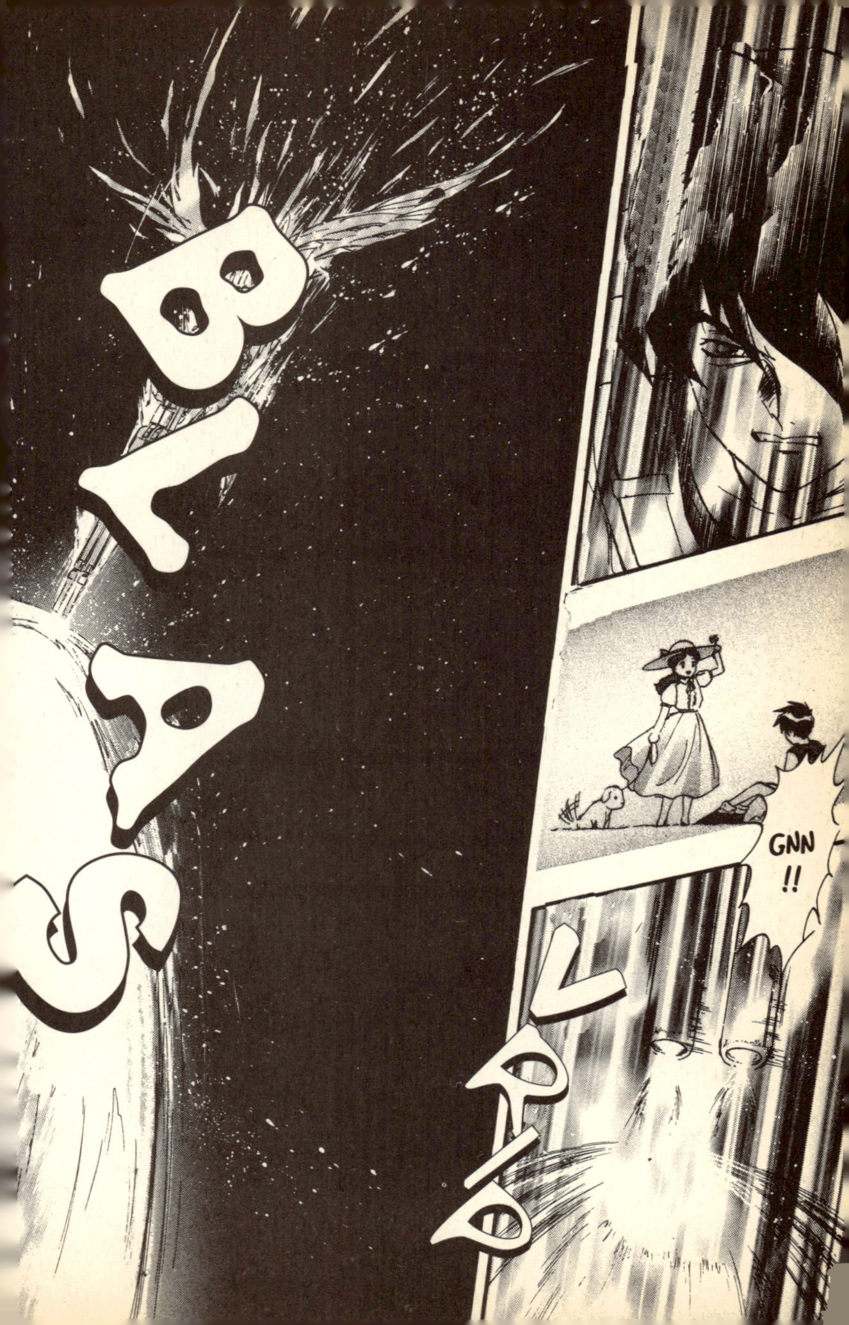
GNN
!!

WHUUUUUUUUUUUM

ARGH ...
WHUUUUUUUUUUUM
IST ALLES IN ORDNUNG ?
SIE SIND ...?
GOOOOO
ICH KANN TREIZES TOCHTER NICHT...
... STERBEN LASSEN ...
AN PUNKT E DER VIERTEN SCHUTZFRONT IST NOCH EIN GUNDAM AUFGETAUCHT !!
WAS ... ?!
UND ...
KREISCH

JAAAA!
WIR WOLLEN KEINEN KRIEG MEHR!!
UND WIR WERDEN NICHT AUF EUCH HÖREN!!
WIR WOLLEN UNSEREN FRIEDEN!!
JAAAA!
DIE MENSCHEN TRETEN FÜR IHREN FRIEDEN EIN...
NUN KANN AUCH ICH RUHEN...
LEB WOHL, TREIZE ...
JAAAA!
BLABLA

TREIZE MOCHTE MENSCHEN, DIE FÜR IHRE SACHE EINTRATEN …
… AUCH WENN SIE RÜCKSCHLÄGE ERHIELTEN.
DU HAST VERLOREN, DEKIM BARTON!
MEIN CLAN IST DER WAHRE HERRSCHER DER ERDATMOSPHÄRE!
MARIEMAIA, IHR MÜSST AN DIE SPITZE!!
STAP
…
ICH MUSS… DEN…
… WILLEN MEINES… VATERS …

SLAP
VERZEIH.
ABER ERKENNE ENDLICH DIE WIRKLICHKEIT !!
RELENA ...
DU HAST DIE KRAFT, DEINE FEHLER EINZUSEHEN !
RELENA PEACECRAFT! HALTEN SIE SICH VON MEINER MARIEMAIA FERN!!
KCHAK
SCHIESSEN SIE, WENN SIE WOLLEN!
NUN, DANN SOLL ES SO SEIN !!
PENG

MARIE-MAIA !!
!!
ZING
TAP
SIE IST ENT-BEHRLICH !
IMMER-HIN HABE ICH SIE...
DEKIM !!
K-CHAK
K-CHAK
PENG

WOSH
DER ...
... VERRÄTER IST EXEKUTIERT!
HEERO!
MARIE-MAIA!
ES... TUT MIR... LEID...
GLEICH GEHT ES DIR BESSER.

... DANKE ...
KLIK
...
EWWSH
„MARIE-MAIA" IST WEG.
ICH MUSS ...
... NICHT MEHR TÖTEN ...
HEERO!
ENDLICH IST ES VORBEI ...

KLIK
DIESES MAL WIRK-LICH...
LEB WOHL!

BOOOOOM

KA
DANKE, GUN-DAM ...

JETZT BIN ICH WIEDER NAMENLOS...
BLEIB DOCH GANZ EINFACH TROWA!
JA, JA!
MACH DIR NICHTS DRAUS!
GEHEN WIR NACH...
... HAU-SE.
JA.
JA!

KABOOOM
GVOOOOOO
RUHE ...
... IN FRIE-DEN...
NOIN UND ZECHS SIND VER-SCHWUN-DEN.
WILLST DU MIT MIR AR-BEITEN ?
ALS PRE-VENTER ...?
WA-RUM NICHT ?!

WILLST DU RELENA NICHT HELFEN ?
RELENA IST STUR UND KANN SICH DURCH- SETZEN.
GVOOOOO
SIE BRAUCHT KEINE HILFE VON EINEM TOTEN.
DU MUSST MIR ÜBRI- GENS NICHT FOLGEN ...
HIHI!
MUSS ICH MICH WIEDER- HOLEN ?
ZECHS ?
FWUUUSH

Mars
Terrafo
Projec
197 A.C. KEHRTE DER FRIEDEN WIEDER EIN.
EINE NEUE ZUKUNFT FÜR ALLE BEGANN ...

UND IN DER GESCHICHTE NACH DIESER ZEIT TAUCHTE DIE WAFFE NAMENS GUNDAM KEIN ZWEITES MAL AUF...

THE STORYS OF
GUNDAMWING
THE END
8月号)

© Sunrise & Sotsu Agency
www.MangaNet.de
MOBILE SUIT GUNDAM WING
GUNDAM WING
ガンダムウイング
ARTBOOK 1
Das Gundam-Universum
MOBILE SUIT Gundam
0079
EGMONT MANGA & ANIME

BLADE
OF THE IMMORTAL
Manji ist ein herrenloser Samurai. Zur Strafe für seine Untaten, ist er mit dem Fluch der Unsterblichkeit belegt worden. Er muss 1000 schlechte Menschen töten, bevor er von diesem Fluch befreit werden kann.
www.MangaNet.de
BLADE OF THE
IMMORTAL
1
© 1996 Hiroaki Samura
Ab Juli alle zwei Monate neu bei deinem Manga-Händler!
EGMONT MANGA & ANIME 漫画
adult
Bisher sind in Japan 12 Bände erschienen. Die Serie wird fortgesetzt.

manga
POWER
Das Telefonbuchdicke
Monatsmagazin für nur
€5,-
Mehr Seiten als
der Versand
erlaubt!
EGMONT
MANGA & ANIME
漫
画

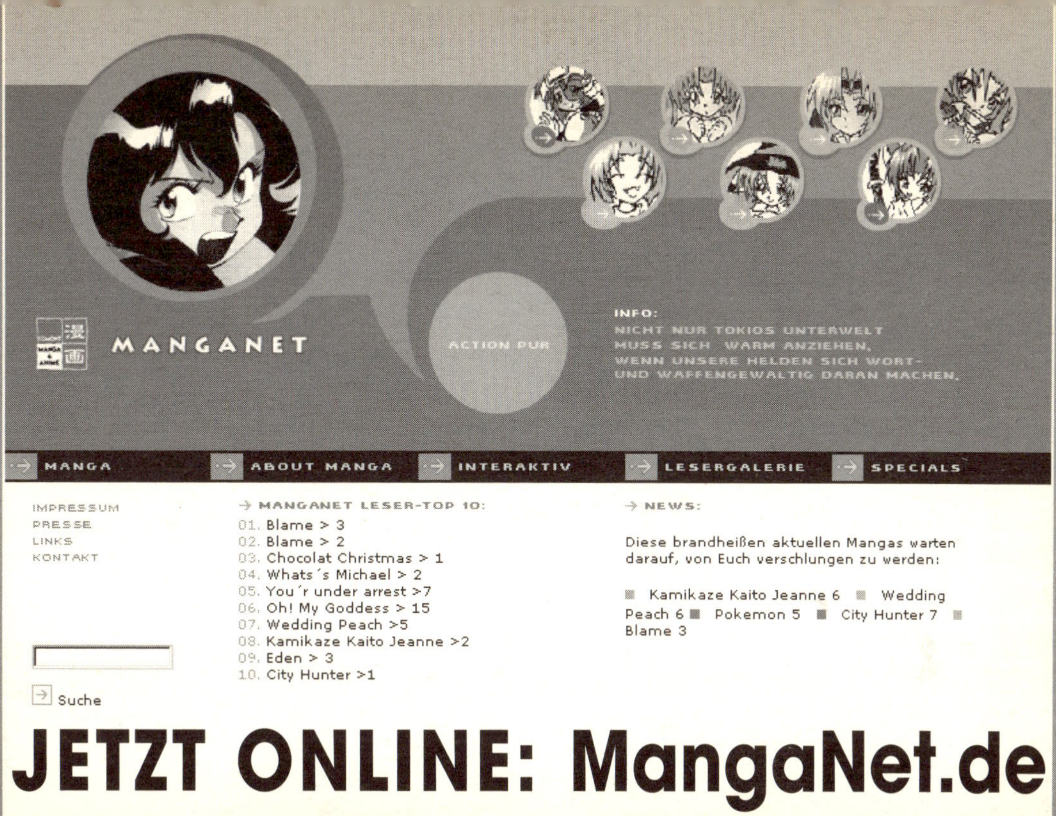
MANGANET
ACTION PUR
INFO:
NICHT NUR TOKIOS UNTERWELT
MUSS SICH WARM ANZIEHEN,
WENN UNSERE HELDEN SICH WORT-
UND WAFFENGEWALTIG DARAN MACHEN.
MANGA
ABOUT MANGA
INTERAKTIV
LESERGALERIE
SPECIALS
IMPRESSUM
PRESSE
LINKS
KONTAKT
Suche
MANGANET LESER-TOP 10:
01. Blame > 3
02. Blame > 2
03. Chocolat Christmas > 1
04. Whats´s Michael > 2
05. You´r under arrest >7
06. Oh! My Goddess > 15
07. Wedding Peach >5
08. Kamikaze Kaito Jeanne >2
09. Eden > 3
10. City Hunter >1
NEWS:
Diese brandheißen aktuellen Mangas warten darauf, von Euch verschlungen zu werden:
Kamikaze Kaito Jeanne 6 ■ Wedding Peach 6 ■ Pokemon 5 ■ City Hunter 7 ■ Blame 3
JETZT ONLINE: MangaNet.de

Sutoppu!

Koko wa kono manga no owari dayo. Hantaigawa kara yomi hajimete ne! Dewa omatase shimashita!
„GUNDAM Wing" no hajimari hajimari!
Manga Chiimu

Stopp!

Das ist der Schluss des Mangas. Fangt bitte am anderen Ende an! Und nun genug der Vorrede, jetzt geht's los mit Gundam Wing!
Euer Manga Team

1. Auflage
EGMONT MANGA & ANIME
Wallstr. 59, D-10179 Berlin
Übersetzung aus dem Amerikanischen: Fritz Walter & Rie Kasai
Verlagsleitung: Georg F.W. Tempel
Redaktion: Etsche Hoffmann-Mahler
Lettering: Sylvia Meisel
Gestaltung: Claudia V. Villhauer
Koordination: Andrea Reule
Buchherstellung: Uwe Oertel
Originaltitel: "Gundam Wing – Endless Waltz"

German publication rights arranged through Kodansha Ltd., Tokyo.

Druck und Verarbeitung: Ebner & Spiegel, Ulm
ISBN 3-89885-342-x

www.MangaNet.de